不丹 樂國樂國

梁丹丰　文・圖

【序】果然樂國！

我從小就喜歡簡單又豐富的生活，所以三十多年前就想去不丹！

想看看這遺世獨立的山國民族，該擁有現代失樂園的人們夢寐難求的那種遠離紛擾、祥和安樂的文化特質！

我終於去到！在七十二歲之齡，畫旅八十國三十餘載後，這僻懸世界地圖一角的「迷你」區塊，果然以今之古貌，落落大方相迎，有些旅客感覺自己是倒入時光隧道，我卻為隧道彼端珍貴的遺風大喜過望。

「在這裡，我們都很快樂，因為，我們都很富有！」

穿著源出我們唐宋古裝的不丹國服，喜孜孜地開著一輛陳舊的老爺車，約莫四十出頭的車主用它當計程車，他自信滿滿，笑容燦爛，語調姿態，透著相當程度的得意。

我有些喫驚！但他引以為傲的註釋更使我呆住：

「我們有寬廣的天空，有足夠的日照，高聳的山屏，堅實的大地，有工作做，有住屋和家庭，所以，我們不丹人都很快樂！」

這補充說明如此簡潔有力，定義如此清晰明確，聽入現代靈智渾沌的價值觀裡，無疑一記震撼人心的當頭棒喝！

二十多年前在北美大峽谷底，老牛破車般的我無力跨越科羅拉多激流，只好喘著粗氣趴在地面寫生，有位年輕的行者趕過我時曾為我打氣，不料畫未及半他已轉了回來！當我訝異地追問他是否已走到谷底中心的營地？為什麼這麼快就急著離開？……他也訝異地反問我：「那當然啦！既已抵達、喝些水坐一下，不向回程又何待?!……」

他困惑地搖搖頭，丟下這一句就走遠了。

“What’s more?”（你到底還想要怎樣？）

我一時愣住！卻終生難忘！

及至因緣遇合來到這容顏素朴、心靈華美的小小不丹，耳聞目睹，盡是無所多求的知足和感恩，沒有逾分的物欲，不受名利的驅策，人們自主、自在、自逸地過日子，斯土斯民，沒有誰想多要什麼？

在最清新的空氣中成長，在最純淨的泥土上生息，盡享自然農作的鮮甜，在至真至善至誠的人性中滋育。眼中是美，心中是情，胸中有愛，聽牧群應鳴之聲，樂淙淙流水之歌。在山間深呼吸，就野谿一掬飲，攬山嵐以徜徉。浥朝露以自得，汲四時運作的智慧，領大塊文章之哲思，日出日落，而作而息；帶一袋壓扁的飯乾以上路，穿一串營養的酪塊於胸前，風中來雨中去，行驕陽奔夜月……。生命中最重要的應有盡有，賦性善良，宅心仁厚的不丹人，夫復何求？

當現代人有腳不肯用，無車不能行，原味不下嚥，雙手難作為……。與天地相容相契的不丹生活，不分冬夏，就在荒山野嶺健行，在縱谷絕壁攀越，練就一身鐵骨鋼筋的能耐，挑戰體適能的極限。平日粗茶淡飯，竟是現代人又愛又恨的健康飲食……。疾病自是難以上身，全國的免費醫護只好備守了。

此外，定期城鄉輪調的優質師資，也使義務教育的資源無遠弗居，想就學求知增慧，可栽培到國外進修；願留守山林務農作工，也得到不分彼此的尊重。上有勤政愛民用心極勤的明君，下有忠厚善良、誠篤務實的子民……。西方理想世界的烏托邦，陶淵明筆下的世外桃源……。不就應該是這樣？……

在這不用機心的樂土工作十多天，與心境光明、身在福中知福惜福的不丹人坦然相處，平日必須習以為常的防衛之心竟被一層層撕破，剝落殆盡後反璞歸真，我忽然感覺自己像個人，也逐步還原做了一個真正的人！

際此全球仍以經濟成果論斷貧與富，不丹民眾精神富足的心靈成就，也格外可貴地提供現世驚豔的反證！

有人認為，唯有兩者合一，才是人生應該追求的幸福！

……

如若難以兼具必選其一，我會哈哈大笑學不丹人，仍然繼續快樂地做我「最窮的富人」！

回到臺北感觸至深，若有所得也若有所失！

回顧此行遇合的上緣、逆緣，在在別饒深意。不丹民風的淳樸、忠厚、善良如此令人感動也心疼。相對於少數外人不知珍愛、尊重的遺憾，一切一切，反而為這美麗的桃源世界加成滿分！

此書得以完成付梓，首先要感謝不丹皇后的鼓勵，不丹青年發展基金會 (YDF) 顏蒂的邀請支持，不丹民眾無私無我的分享，以及方琲和她的不丹友人及時的協助！林黛嫚女士的策動、鼓勵，三民書局編輯部門各位細心的企劃執行，並為它賦名「不丹 樂國樂國」，這是語出我們詩經的激賞、嘆息，願奉之與深得此心的有情人共有、同在！

梁丹丰於臺北快樂畫室

二○○七、六、二十八

Preface—A Paradise Indeed!

Since I was a child, I have longed for a simple yet enriched life. I sought for a kingdom embraced by mountains, the Shangri-La with a peaceful and joyful atmosphere, a paradise devoid of troubles and tensions. It seemed to be a world that only existed in dreams. As time went by, my dream finally came true while I turned 72 after having visited more than eighty countries.

Nestled in a corner of the world, Bhutan welcomes people with its ancient look. Its sincerity, warmth and friendly atmosphere are irresistible. That is absolutely an enchanting surprise!

'Here in this country we are all happy, because we are rich!' Clad in traditional Bhutanese clothes, which are very similar to the ancient Chinese costume, a taxi driver joyfully drove his old car and said to me with a confident smile, "We have the clear sky, enough sunshine, breath-taking mountains, and sustaining earth. We have jobs, houses, and families. Certainly, we Bhutanese are happy."

The driver's remarks, terse yet powerful, were like a flash of lightning! It reminded me of an episode of 20 years ago, while I was trying to cross over the Colorado River in the Grand Canyon. I was so exhausted and sat next to my painting. A young man walked by and encouraged me to go on. Before I finished my work, I was amazed to see him return, "Why were you in such a hurry? Did you arrive at the camp site in the valley?" Puzzled by my query, he replied, "Of course! I did reach my destination, took a rest, and had some water. What else did I wait for?" Shaking his head, he walked away and murmured,

"What's more?"

Yes, he was right! What else would one pursue?

Eventually, I had a chance to visit Bhutan. I observed its simple but enriching lifestyle and its people, who always appeared contented and grateful. They seemed unlikely to fall prey to desire or greed, and thus always were free from vanity.

The Bhutanese enjoy a relaxing and self-assured life. They live in the freshest air, work on the purest earth, and enjoy the most wholesome harvests. As almost everyone aspires to honesty and the perfection of morality, it is not surprising that they are cultivated toward its pristine, natural state.

What can they see but beauty?
What can they feel but loving kindness?

On this blessed land, one hears the sounds of sheep, cows, and birds, as well as the melody of little brooks. One breathes the air among forest, drinks from streams or the morning dews, and lives in a harmony with the seasonal turning. When one understands the messages of nature and feels its inspirations, all other civilized discourses may seem contrived and simply unnecessary.

Modern people tend not to walk, nor move without a car, neither eat food without artificial flavors. The Bhutanese know how to live in accord and are satisfied with nature. When the sun rises, they start to work, and rest at dusk. A simple meal with dried rice and cheese would be sufficient. Be it summer or winter, they walk through valleys, climb desolate mountains, and overcome chasms and cliffs, constantly challenging the limit of physical strength, and become as strong as iron. No wonder free medical services and hospitals are available but rarely used.

Free education is provided and learning is encouraged. Teachers are rotated regularly to ensure an equal quality for all. For a higher education abroad, a financial support is granted. Others staying amid the forest and working on farms are also respected. His Majesty rules the kingdom with love, wisdom, kindness and responsibility, while his people are honest and contented in return. Isn't this a Utopian people longing for? It is indeed a paradise for Bhutanese!

In Bhutan, I was used to staying with people of open minds, kind hearts and mutual trust. I could also keep my heart wide open. I felt my whole being was "restored" to its long-forgotten, primordial pure state.

While many experts in the world tend to judge a nation by its economic development, Bhutan becomes a precious role model that challenges general value on wealth and happiness. Although most Bhutanese live in simplicity, they are endowed with a spiritual wealth.

Some people may think that true happiness comes when one possesses both spiritual and material ampleness. What if, however, one cannot have both? I would prefer the Bhutanese way of living!

Back to Taipei, I can still recall the warmth, sincerity, and generosity of the Bhutanese. I could not help feeling sad as I saw some visitors to the kingdom failed to respect it and took advantage of the kindness of its people who never harbor any negative thoughts but are patient, candid and tender-hearted. This is a priceless pure land that deserves our utmost appreciation.

I would like to thank Her Majesty the Queen of Bhutan for her encouragement to undertake this publication. This project would not be possible without Yandey and YDF (Youth Development Fund), as well as their invitation and support, the timely help of Fong-Pei Chen, my daughter-in-law, and her Bhutanese friends, and also the generosity of the Bhutanese who shared their wonderland with me. I am very grateful for the encouragement of the editors from San Min Book Co., Ltd. Lastly, I am obliged to Cherrie Corey, Ming-Chien, my daughter, and Fong-Pei for their assistance with the English translation.

I dedicate this book to a further appreciation and respect for the distinguished qualities of Bhutan. May whoever resonates with Bhutan's integrity and purity also savor its unbeatable natural beauty as well as the invisible power of its noble spirit.

Dan-Fong Liang

Happy Painting Studio, Taipei, Taiwan

June 28, 2007

不丹 樂國樂國 /contents

【序】果然樂國！ 001

Preface—A Paradise Indeed! 005

俯瞰蒼茫！ 002

飛入縱谷 006

紅毯為誰鋪 010

獨一？唯一？ 014

「非常特別」的地方 018

林中彩色 022

佛國的地標 026

小橋之畔 030

老虎之巢 034

唐人？唐裝？ 038

傳統？流行！ 042

射手的樂園 046

紅花！藏紅花?! 050

採茶之女 054

貴賓之居 058

他們的玩具 062

原汁原味的生活 066

不丹多美人 070

山中織女 074

願望的聲音 078

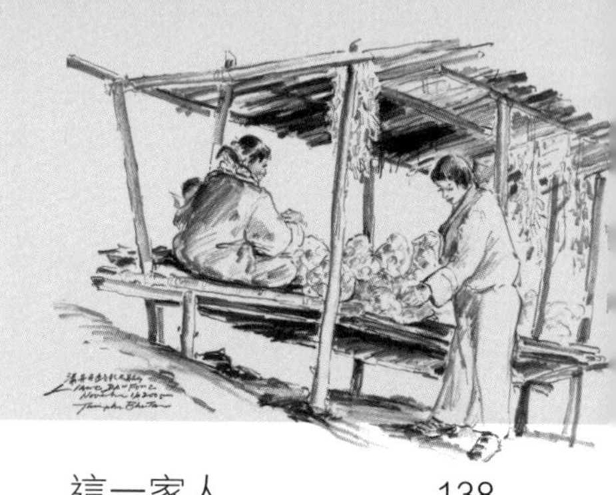

也是雙職 082

時間的顏色 086

美少女修路 090

山中運輸隊 094

山中鬧區 098

在關卡前 102

穎慧的民族自尊 106

在合流河畔 110

變色的佛像 114

哭倒在大佛前! 118

且去轉經輪 122

是老友嗎? 126

在弘法大會中 130

也會耍酷 134

這一家人 138

皇后的風範 142

嫻靜的公主 146

在皇后家午餐 150

去市集尋寶 154

遇到紅唇族 158

從不丹歸來 162

不丹的茶具 166

轉吧! 轉吧! 170

【跋】圓緣 175

Afterword — A Journey by the Deity 179

■本書作者於不丹作畫一景

俯瞰蒼茫!

很久未曾俯瞰蒼茫的大地了!

從萬里晴空朝下望，白雲蒼狗、光陰過隙，整片人類賴以存在的區塊一一銜接著移動!

有幸從地表升空掠過它們的我，總不免牽牽罣罣於磅礡大地上的各種生息……。

每一分鐘航速，已超越多少權勢爭鬥的疆域?

每一秒差，要飛過多少胼手胝足的產業、家園?

視距裡一團模糊的小點，該是數千萬人的城市，耗資億萬美元建設的世界第一高、或第一大的廣廈，在大地版圖上……哈哈!全都不見啦!只留下一片蒼茫的灰藍之色，在這雙平凡人的雙眼裡，成為既美麗、又深沉的千言萬語、亙古常新!

俯瞰蒼茫!
A Grand View from the Air

它們說著的，總予我很大的震撼！

它們傾吐的，總教我憬然！凜然！

細聆它們誠摯、真誠的告白，我常會泫然感念。

接納了它們的祕密，我只好不自量力一畫再畫……。

這天，在歷經長久的策劃下，我航向夢裡的山王！目標在它雄偉體態的「腿邊」，有座如鑲山壁的小佛國！它像珠顆般懸於半空，與尼泊爾近鄰，被印度平原緊緊包圍著！

清晨六時從曼谷起飛出發，以逾半時間飛越大洋後，便將取道印度的領空；也立即被機外轉熱的氣溫威脅著！不久前印度南部的強烈地震，傷亡甚大的記憶很快緊揪旅客的心！人們談論著、探問著，我的情緒也隨之低落。

及至紫色的印度平原將到盡頭，一列潔白的雪山遙遙可見，機長立即提醒旅客，著名的喜馬拉雅山脈將現眼前，旅客起了騷動，我只靜靜告訴自己，根據世界長旅的經驗，從機艙俯瞰的角度很難入畫！

我只呆坐凝望它們!

然而，當距離逐漸拉近，我開始心動！這列雪山越清晰就越美！掙扎不已情緒高漲！終於搶出紙筆就急急畫，這一開始，抗拒的心理瓦解崩潰，我竟情不自已地激動起來!

顧不得大家熱情的觀望，短短的十幾分鐘內我已「搶」到了四張，脆弱的心臟立即給我警告！我頹然倒在椅子上!

唉！誰叫你們這麼動人!

飛入縱谷

被瑰麗的大地和雪山系列所吸引，勾勒了四幅畫紙後，航線陡然一轉，就朝右側飛上高山！眼見兩邊都是棕褐色的峰巒近景，機腹之下，則是一道道傾瀉而下的陡坡，它們如此貼近很易擦及；可以看見一座座孤立的農居、人們的工作環境和梯田作業……。令人看得心驚肉跳！

有人緊張不已地握著椅把，有女客用手摀著嘴，擔心自己會驚叫出聲……。

估量從空中近距離擦過山嶺，擦過山間農舍……，應有嶄新的表現角度？我很快翻開畫簿嚴陣以待，才一落筆飛機已傾斜著向右方轉去……，扶正坐姿發現另一景框，飛機忽又向左方傾斜……。

這情況，宛似急行車在連續彎路上，把後座旅客整得東

飛入縱谷
Fly into the Valley

歪西倒、摔來摔去！就是綁緊安全帶仍然天下大亂，手中紙筆已像脫網的魚兒在機艙內各處漫遊！情況令我啼笑皆非！

狼狽不堪只能專心入坐，大家屏息靜氣守著這架不丹皇家航空公司的班機，正以嫻熟的蛇行手法，順沿或寬或窄的山谷蜿蜒滑下！及至帕洛機場在望，一條可愛的跑道才以漂亮的筆直姿態迎接我們……。

第一次遇到這樣左右搖擺的航道！有人驚魂甫定、有人感謝上天，只有機員機長面不改色，我則摔得昏昏沉沉還被「心律不整」提出抗議，勉強靜下來看山、看建築、看人！這樣的「暈機」也帶出其後十日不丹畫旅的概況。有人告訴我，不丹全國僅此一段小航道，和機場外側的車道是稀有的「直」！

我遇到難題了！以我持續不斷的畫旅來說，環境、體力都不是困擾！搶著時間密集進行，加上專注汲納和經驗累積，總有截長補短、以勤補拙的機會去支應成事；此番聽說不丹所有的路況都千篇一律，都繞著山體、山脈的原型而建，如若太多 U 轉密密連接，就不容易在車內速寫、觀察或做文字記錄了……。

我能克服這種狀況嗎？……。

果然其後，在密接的車程中，我未能作任何筆記，也未在中途車上，完成任何一幅畫！

我打破自己始終堅持的記錄！

紅毯為誰鋪

在機身左右急彎的晃動中平安空降，不丹的陽光也顯得格外明亮！從不暈機的我仍然昏沉，只好挨坐座位上等到最後！

只是，過了很久旅客仍然站著擠著，沒有誰能多挪一步！不知道還在等什麼？看來有些奇怪呢？……。

空服員只靜靜守著我們，我們也莫名奇妙向外望，停機坪上很空淨，只有遠處有人站著望！

有人吃力地推來一具梯車，另一位抱來三捲紅地毯，難不成不丹人要如此迎賓？……機上的歐美旅客很興奮！

然而，當梯車安頓，紅地毯由地面接上了機腹，大家準備下機了，和藹的空服員，仍靜靜擋在出路前，她姿態莊嚴，神態尊重地比出手勢，要大家稍安勿躁再等等！旅客相互交

紅毯為誰鋪

Red Carpet at the Airport for the Prince

換詢問的眼神，有人聳肩，有人攤手，更多人爭向小小的艙窗向外看，這樣又拖了一段時間！……。

不知機門那邊發生什麼事？鋪好紅毯的梯車仍然毫無動靜！等到一輛深色的轎車停到遠處，身穿藍色制服的軍警走了近來，一個似曾相識的挺拔身形才獨自下機，被藍衣軍警尊敬地接走，行遠，上車……大家拉回視線才發現，剛才他走過的紅地毯已被收捲、抱走了！

機上的歐美旅客相顧失笑！

「哈哈！原來，鋪出紅地毯並不為我們！……。」

那麼，他會是誰呢？

「皇太子殿下！未來的國王！」

我終於想起來，今晨五時在曼谷機場！他不就在我前面？

記得那時，不丹航空前擠滿了人，無所適從的我，逕往旁邊沒有掛牌的櫃檯探詢，這位英挺的青年身著紅色的衣袍，正以流利的英文辦理手續，他氣宇軒昂，巍然獨立，交寄的行李整整齊齊，上面印著皇家的標幟，使我一面欣賞他堂堂正正的帥氣，也以為不丹人回國必定如此採買一番的？殊不知這獨來獨往的他，竟是求學於英國的皇儲！加上後來知悉，這天也是備受愛戴的國王五十大壽，這被當地人稱作「全國最重要的快樂日子」處處慶祝，身為長子的他，自必專程返回向父皇祝壽了！

「原來，我們竟與皇太子同機！」有位歐洲女客開心大笑：「早知如此，我就不會害怕了！」

獨一？唯一？

常常聽到人們使用「唯一」與「獨一」！

盼望自己穿的衣服是世界的獨一！夢想自己的作品是全世界的唯一，言行舉止天下無雙！財富名位沒有匹敵……；進而使用形容辭的極限，如顛峰、極大、最好、狂賀……等，未能留下彈性的間隙，一旦遇到不同的比較視野，就沒有自行轉圜的餘地。

某次在瑞士深山，借住山窪一間石片砌成的山屋，牆壁如此、屋頂如此，上面還加疊一些石塊避開山風吹掀；當地人驕傲地向我介紹說是全世界所無。

「你沒見過這樣動人的智慧吧！它可是冬暖夏涼啊！……」

我愣愣地望著他們笑！想起巴蜀山上的石片瓦，臺東山上的石板屋，後來在冰島、格陵蘭見過，愛爾蘭、蘇格蘭更

獨一？唯一？
Traditional Bhutanese House

多，奧地利、東歐仍然遺留不少……，都是早期的先民，就地片岩、敲擊、磨成或大或小的石瓦，再仿效魚鱗的堆砌秩序去櫛風沐雨的！

至於有些地區樹材較多，剝樹皮取代、鋸木片、紮草葉疊用，再取石塊堆壓其上……，真是天陲海隅，屢見不鮮，在在顯示人們因生活的需要，不約而同逐步發展相同的智慧經驗。

不丹的房屋形式，也是其中之一！它們以石為基、以木為柱豎牆、或圓或方，再填以坭、堊，屋樑架構頗為常見，不同只在人字屋頂較寬平，雨棚較為突出而已；這種結構與四川、湖南的老屋相似，留空的人字架下非常通風，無論晾肉乾、儲米稻，都具備最有效的乾燥作用。

有人說，他們的屋牆木柱排列較密，這和日式木屋、德國、法國老鄉村的傳統民居很相近；最大特色，只在窗框的直條形、和上方有如教堂粗坯的圓穹而已！

倒是他們帕洛機場的國門設計非常醒目，繁複的色線裝綴，濃郁有如寺廟的彩繪組裝得繽紛有致，加上居民服飾的傳統形式，也襯得建築設計相當特殊！因此常被外來旅客宣稱全球僅見的「獨一」！那麼，我會記得其他許多唯一！

在帕洛道中，我深被這些舊式的老屋生命所吸引，它們依山勢起落而架設，很多家園，就像我們的土家吊腳樓，有老人倚坐屋前、有兒童跳躍穿梭、有衣物掛在繩索上、有裊裊炊煙從屋頂架空的人字架一絲絲透出，很久未看見這樣平和安詳的傍晚氛氲；我的畫筆不停揮舞，畫到屋內昏燈已燃、畫到婆婆媽媽踏出戶外招呼玩瘋了的孩子……；我摸黑攀上山道，沒有路燈！只有遙遙傳來的親情之聲，在喜馬拉雅山腳的桃源中！

「非常特別」的地方

抵達帕洛的傍晚，略事休息就堅持外出走走！先行試探自己在這種天候、溫差、高海拔等環境條件下的體適能以便調整，也為未來一連串並不確定的繁重工作，作暖身的因應。

寄住的旅舍在小山上，走出園門，就可俯瞰這不丹全境最大的縱谷，才踏出門，就強烈地感到所嗅的鮮甜空氣，我高興得立刻享受一些深呼吸。

此時的氣溫顯然比午間低，聽說當日照逐漸離開就愈來愈冷，走到谷地已半掩斜陽，整片大地都散發著秋收後的泥土之味，裸露的田疇懶懶地縱橫交織，所有莊稼都已怡然歇息，放眼所及一切安然，置身這樣的氛圍中畫筆蠢然欲動，才走近這座古寺前，我已決定馬上開工！

司機先生奇怪地望望我：

「你不進去看看嗎？這是一個非常特殊的地方！」

「非常特別」的地方
A Very Special Place

我怎會不想去？如果我僅僅是個觀光客，當然不可能放棄！然而，轉念提醒自己此行已還原畫者身分，既然知道生命的每一天都在取捨中，無法放任內心的掙扎妨礙責任的進度，不如不必多想就落筆！

主意既定，稍加勾勒就敷彩，斜照的金光已變成餘暉，搶在白色寺壁仍然映得光彩奪目時畫下，磚色的門窗、屋頂已被染成朱紅！

寺後山上，遍插的白色幡旗，可見不同年代的供奉與祈願，只不稍頃俱退入山陰，整個盆地很快被夜霧渲染，溫柔地染上淡淡的藍紫，緊張的我，也在它澈底消失之前，如願追到最後的殘照。

於是，山間之秋倏忽黯然，一隊牛鈴叮噹走過，又一群咩咩叫著的羊聲走近又走遠，嗅著牛糞之味和泥塗之芳進行最後的修飾……我終於探知未來十多天的工作概況了！

捧著畫圖我想我已攫住初入不丹的感動，審視畫面！……也溫馨，也莊嚴！同是大自然的兒女各有福分，無論我將如何奔勞辛苦，在這與世無爭的桃源世界，亦將享有十多天足以回歸人性之至真與至美！和投入母親大地懷抱依倚的福緣。

薄暮時分踏上歸程，在坭徑跫音的迴盪中彷彿走回兒時相識的舊路，那時在無燈無月中嗅著稻香；荷鋤遇月的安詳，神遊時不覺吟唱那首影響我至深的古琴曲「歸去來兮」，斯情斯境，睽隔已久，一時之間，恍似前世今生。

帶著時光隧道的氛氳悠然入夢，夢中竟真尋入了桃花源，次晨被朝陽驚醒不知身在何處，怔忡良久才想起早已設定的「心願」——回到昨晚畫圖中，可惜自後的工作節奏非常緊湊，我仍只有遠遠眺望一如初抵。

及至畫旅全程圓滿結束，驀然回首才察覺，這「非常非常特別」的寺廟果然特別，無論結構形式，都是我此行所僅見，它形似北京白塔或藏式佛塔，與不丹典型的中式寬簷，正方，但主體矩形，以及朱漆黃線的長窗大異其趣！

它——到底是什麼呢？……

這——是否就是司機先生口中的非常特別？……

沒有必要必需找答案！這在當時無法知悉，事後遍找資料也無進展！回到臺北翻讀這幅畫，但看它後面的圮寺殘跡，和山上數不清的幡旗環拱。從它的氣概、地勢加以揣度——也該已夠！

林中彩色

抵達不丹的翌晨，戶外一片霜寒之色。

凜凜的朝霧若散未散，閃光的露珠欲去還留。

林下地表，綴著的是焦黃，赭綠的汲浥，伸手觸及窗上的玻璃，驚覺戶外的溫差對比很強烈！

我知道自己不能蹓出去了！

天氣太冷！不丹的冬晨果真夠凍！不知不丹的冬陽，可會有熱力？……。

無計可施遊目四顧，關在室內換了幾個角度，久久仍找不出可以入畫的場景，這與以往初入一國必立即挾著畫簿四處閒逛的習慣背道而馳，此際鎖在溫暖的房間內徒然浪費時間浪費生命！……著實不甘願！

愣坐窗前還在沮喪，忽然有道煦和的金光在啟動，林間

林中彩色
Colours in Woods

的顏色開始迷人的變化，原本略嫌愁鬱，呈灰藍之色的松群，被分別曳出不同的層次和厚度，只一瞬間，它們已照出明朗的亮綠與黃綠，在天地時空的帷幕上，陸續推出魔幻般的場景，成功地營造出嶄新的戲劇效果！令其時沉悶的觀眾如我，得以邂逅意想不到的美！

於是，在陽光嫻熟的指揮技巧下，乍醒的松林立即讓出足夠的舞臺，它們很像手拉手的舞者躍著轉著，很快圈出一條出色的綠色隧道，把驚喜的我，推向桃花源般的入口處！要我凝望隧道的彼端，這美麗場景的主角！

這是一方溫暖、祥和的粉紅色區塊，兩幢白牆棕柱，頭頂藍色的不丹家屋在中心！它們一前一後倚山而建，簡明的線條卻意興相連！既像兩個老友互相扶持，又像兩位好姊好妹親暱地對話！……更像家中慈祥的老母親，倚閭守到遊子的歸來！……。

也許因為我自己在人生長途中總是遊子吧！在平日是不敢多想的，遇到人間親情溫馨的互動，只好又羨慕又神傷，想來天下遊子最大的快樂只在歸思和歸途上，疲憊的生命之旅能無礙地憩息於永遠接納的家去盡卸塵勞，又是何等令人嚮往的現界!

這該就是這雙家屋最大的吸引力吧!在彼此相屬的天空，在得以庇依的母親大地間，能無礙無求地還我自然，也該就是這坦然怡然的幸福場景所要昭啟的!

陽光繼續旋轉著，原先一串林間的彩色忽然放光，它們紅藍朱紫各色都有，都縝密地懸掛橫拖的線上，此際隔著松林與隧道彼端相互呼應，竟爾散放出一種寧謐安詳的滌洗之力，它們不斷橫展感染，使我飛舞的畫筆，由急躁轉化到全然安靜、澈底清淨……。

它們成為我初抵不丹的感動：想起〈送李愿歸盤谷序〉中的寫景，不丹境內也多盤谷，盤谷之間，也泉甘土肥，也草木繁茂，也居民鮮少……。

唉！不丹、不丹！不是桃源更有誰?

佛國的地標

不丹的地景，要加上宗教性的建築才顯出特性！

抵達帕洛的次日，我被帶去當地最重要的寺廟寫生，它就在縱谷溪道旁，從飛機航道俯瞰，在機場出入及離開的道路中都清晰可見！它斗狀的方形和如雪的純淨，予人可澈底信賴的安定感，坐落縱谷一側，在山稜交錯的視覺中心，則具堂正君子的朗然！

剛開始時，它予我似曾相識的熟悉感，及至專程往謁認真觀察，驀然曳出它和拉薩藏寺的法源，才得到畫者應有的沖激和熱情！

從外形看，它全身白色、高大整齊、不可方物，像宏偉的城垣和敵樓，像防禦用的大碉堡，除了頂端那組赭紅結構如帶，三列又瘦又長的窗臺、雨遮，便以上排較大，下排漸

佛國的地標
Paro Dzong-A Landmark of Bhutan

小的設計，像穗飾般垂「掛」下來。這些赭紅、深棕加繪朱色、金色的圖案在純白的巨牆上如此出色，在強烈的日照下對比著生光；加上屋頂縝密的木柱，和寬闊伸出的雨簷是深沉的黑色，在藍天白雲中有肯定的框襯作用。

忘神欣賞好一陣才想到自己的專業責任，細數它的門窗時，我忽然開心地笑起來：

「可不是！比較四個月前還坐在義大利繁複的教堂努力奮鬥！現在的不丹寺廟下半部全是空白的！……。」

雖然，它們遠觀如此近看可不一樣！幾乎所有棟樑、木柱、門楣、窗欄，都會被專注修行的藝僧，絕不殫煩繪出精巧的圖案，宗教的故事、寓意文飾、及龍鳳、雲頭等，令人眼花撩亂！

這樣的建物在不丹處處都有，當地人只簡單稱之為DZONG，讀音與我們的「宗」字一樣，格局形式有大小之分，它們的勢位往往扼天險之要，是寺廟、修院、堡壘，更是地方的司法、行政中心，或說自三百年前第一座從深思熟慮、多功能考量中建出規範，後世所有修建、重建、增建、仿建都沿襲它的設計，沒有誰標新立異自作主張，也沒有人敢於擅自增刪，因此不須依賴建築圖進行，就把這種築造智慧，不用鐵釘的經驗遍傳不丹每一處！我最喜歡它前面橫跨兩岸的風雨橋了！它黧黑斑駁，遍佈歲月的留痕，橋邊木柱掛滿新新舊舊的風幡旗！多數顏色消褪，泰半不能成形，依舊風中飄雨中幌，仍然忠誠地散佈寫在上面的願望；但願這些願望已經實現了！

小橋之畔

完成帕洛彼岸的古寺後，我輕鬆地走向渡橋的引道旁。

這條引道從河岸草陂陡起、用石塊錯落砌出數級階梯，繼而直角東轉、也還要跨過一段短短的木橋，才能指向彼岸繼續行！

初來乍到第一天，我就相中它的小橋流水和古意盎然的斑駁之美，畫出古寺後，就輪到我享受自由選景的快樂了！

漫步而行認真構思，對它身上覆佈已厚的白堊非常欣賞，尤其它的中段有數條久經歲月的裂隙，都被一而再，再而三的反覆填補，很多兀自停留的泥漬，與活潑迸伸的小花小草，正熱烈展現春風吹又生的愉悅！

由於這是通往彼岸心靈殿堂必經之地，數百年間，不知走過多少虔敬的行者，路面石塊，早已被踩踏得凹痕宛然，

小橋之畔
A Small Bridge

兩側護欄，也被歷年過客的扶持撐倚，摩娑得光滑嶒亮了！

能晤對這種重疊已深的手澤履跡是令人凜然的，在歷盡滄桑的藝文之眼中，有百裡尋它未必邂逅的豐腴！能閱讀它，有與昔人交心會意之樂！與先賢聚，說前世、今生，不但可以拓胸養志惕心厚魄，冥想反思，也大有助益。

把握時間開始動筆，才畫出可愛的小橋，一位紅衣喇嘛已然行過！悵望間，又一件奪目的僧衣飄然而到！他很快走過小橋，竟停到半路的扶欄向我望，他的身形綴在白的遠寺，橋墩，和引道路欄中如此明亮出色！使我靈機一動，立刻翻出另外一張白紙先畫他！

更精采的，是隨後出現的配角；一對母子匆匆趕到！但見母親迅速抱起幼兒就推他挨坐喇嘛旁，遠遠望去，好像在央求什麼！這使得原先單調的畫面饒有趣味！急急收納他們時，紅衣喇嘛已伸手按上孩子的頭頂便飄然遠去，留下這對母子一動不動地呆望彼岸！

她的願望達成了嗎？……

她的祈求得到祝福了嗎？……

反而是我在畫紙上的情感滿溢！回到原先的畫景裡畫筆居然有些抖！就在這時，又看到另一位老漢施施然而來，他衣著陳舊，肩上背包，卻是極為亮麗的鮮紫之色！還在考慮是否要請他入畫，他居然站定畫框中的最佳位置不走了！……我笑起來！不知自己今天做了什麼好事！才能贏得上天如此美妙的眷顧？一面高興地讓他成為最佳主角，一面也喃喃向他致歉：

「可惜這幅只用鉛筆進行哪！太辜負你背包上如此漂亮的紫色了……」

老虎之巢

行前就聽說，有座古代的寺院嵌在帕洛山谷三千公尺的懸崖峭壁上，是佛國歷史聖地，更是不丹景觀之最！

相傳蓮花生大士曾乘飛虎離開西藏，遍歷荒山尋覓幽靜潛修的好地方，所乘飛虎落腳該處不肯去，成就蓮花生大師短期閉關二月的殊緣，留下許多聖蹟，祝福與加持力，卒使這「老虎之巢」，成為後代修行者心嚮往之來朝之所，若能在此修持也許恩逢奇跡，得到昭啟獲得法脈！

「它既險且壯！形勢跟大陸的懸空寺相似，不同只在木材構架和山石砌成之分！要攀上去可是相當辛苦，現今已有馬匹送到半路！……。」

往日所見許多高人苦修的山穴在記憶中湧起，僅僅黃山蓮花峰就有不少，它們都在雲繚霧繞的絕美中，正是畫者神

老虎之巢
Tiger's Nest

遊的最佳景框！我因此暗下決心以此為目標，卻不意徒有心理準備卻無緣發揮！

「那邊很危險！你時間又不夠……」

當我堅持「至少看一看」，果然被帶到河邊去「遠觀」！

一急之下設法動手，兩位同伴竟撇下我自己「爬」上去了！

無奈之際努力沉澱，不如放下一切用心作畫！把遠景截取、拉近，放大於紙上，只合遠觀的老花眼也緊緊盯著遙遠的蛛絲馬跡，差幸上午極其專注地畫出那幅寺廟，當時細膩的審思觀察，便為現在的遠距寫生擠出加分的條件！

不能親炙又安知非福！反而可以概括當年那隻飛虎的美感視野！試看萬山崇聳險矣壯矣！唯獨留下這一片青色的岩藏裸露相示！讓千載仰止寓目於大自然的崩陷、流瀉從不中輟，世間的勵志苦修，乃代代衍續著逆增上緣，堅毅地上攀，提升，匯聚如晶的善知識、善智慧存諸各處，讓人間沐恩取用無窮盡！……

是的，在泰山、華山、恒山不都如此？峨嵋山、黃山也都這樣，昔人朝山進香不畏遠路，秉持一貫的信仰不起異心，再坎坷的險巘，再艱難的危途，又怎能阻擋三步一拜，九步一叩的虔敬！

想著看著，我愈畫愈得心應手，往日在大峽谷跋涉彌旬，和兒時走過的蜀道忽忽前昨！意興遄飛中完成水彩再用鉛筆畫一幅，圖成收筆，一切已安然走過！

是遠距深汲的祝福和加持嗎？……

前人成就的堅忍意志，確可隔空傳遞！

唐人？唐裝？

如果說，血緣是一種美妙的關聯，一旦注入，就有特殊的牽連，也許一滴滴延延續續，也許若有若無緲遠如絲，它們未必一定羈羈絆絆，即使長長久久荒荒不可考……。

然而，一旦倏忽相遇，靈犀偶現，卻怎麼引起魂魄之中某些糾纏，喚起深深潛藏的五內呼聲？……彷彿勾出一線線夙緣，卻又百思不能解！恍似帶動一段段頭緒，又模糊朦朧理之無方!？……。

有人說，莫非因自前世和來生吧！否則，怎麼會有許多無解的現象？無端端地相知！無由的親切，相屬的感應？……以及有些地方好像來過？有些陌生彷彿見過！有些事物看著熟悉？有些從未接觸的心靈則一見如故？……。

進入小小的佛國不丹，我不但沒有初來乍到的鮮明感，

唐人？唐裝?
Gho-Traditional Costume for Men

沒有激盪的靈感沖激；反而處處厚實的溫習感，溫習兒時成長的素樸環境，溫習歲月傳承的文盲智慧，溫習幼年誠篤的人際關係，也內心悸動地複習時代巨輪的無情，默默輾上野郵山徑的留痕！……，它們如此熟悉地涵育於人生長途的起點和中途站，此刻回到曩昔回歸當年，恍似看到前生又走過隔世！

乍見不丹「傳統」的國服，我差點想申明那並不是他們的傳統啊！那高起的「和尚領」，繫於腰間的衣帶，翻在袖間的白袖筒，非常古典的對折肩線，剪裁方法，以及穿到身上出現的衣褶，在唐朝閻立本繪製的職貢圖上已畫得清清楚楚，後代宋朝也一貫成為制式的服裝！畫者都必以此影本作演練……現在來到與西藏毗鄰的喜馬拉雅的山國，只感覺滿街唐人、唐衣，都從故宮博物院的畫景中跑了出來！他們的臉容、身段，進入我這畫者眼中絕不「異族」！比起蒙人、藏民，以及於今的西域「蠻族」，這山中小國的不丹人士，反而呈現中原的相貌、儀態、和胸襟，憨厚誠懇，泱泱大度，加上他們自己的母語宗喀文，字形不似漢文，讀來都是單音，我常常作夢般聽他們講話，像粵語、客話……不知身在何處！

某日與朋友談起這種特殊的親切感，總覺得不丹人該是我們唐朝的遺民！不知為什麼從西藏走避定居深山裡？才能像桃花源裡的神仙居，遺世獨立傳承迄今……

「是嗎?」我這樣猜:「難道不是嗎？……」

傳統？流行！

在帕洛郊外寫生過午，前不著村後不及店，無法找到任何餐飲，司機先生邀我到他家：

「我的太太、兒子都歡迎你去，屆時你也可以畫他們！」

既不能讓司機先生枵腹從公，又聽說可以畫女主人……這使我高興地如約，進入一座三層的古老屋舍，也看見他們旁邊一棟建築中的新廈，我不禁讚嘆他的幸福家園：

「你的家好漂亮哦！」

男主人怡然而笑：

「是的，我常感覺我們不丹人都很富有！有家庭、有工作、有綠水青山、有毫無汙染的美麗大地，以及全世界羨慕的甘甜空氣，和明亮、充足的日照……。」

踏入他們一塵不染的家居氣氛煦睦溫馨，簡單的木製傢

傳統? 流行!
Hostess with Short Hair

俱非常實用，素淨的牆上掛了很多唐卡，等秀麗的女主人襝衽出見，不施脂粉的她溫婉得令人傾心！

她先端出鹹鹹的酥油茶待客，送上兩籮飯乾和泡米花配茶；看我很累又斟了甜酥油茶，知道我們都未進食，她隨即煎出荷包蛋和又香又軟的白米飯，及至他們又帥又能幹的兒子、媳婦、孫兒都來相見，我才發現這位青春玉女般的女主人已是阿嬤！

在炎熱的正午避入舒適的家屋是莫大的福分，飽餐之餘大畫特畫也不覺疲累，最後一段時間開始畫女主人，她拉拉衣服說要去換，竟加了件黑衣！沒有換上傳統的國服，我也只好畫黑衣！

守到她嫻靜地坐下，不會英語的她另有傳遞意願的方式，比比上身指指背後牆上的佈置，顯然要我畫出她和她的家……，時間不夠畫得急迫，我仍用簡單的感動之筆，留下她臉上安分知足的微笑，和滿溢幸福感的姣好容顏！與世界大都會女性的焦躁、無奈大異其趣，和樂的家務果然在平安祥和之中！

其後與人談起她俏麗的短髮髮式，不自覺用出「也很流行」等字眼，當地人們立刻加以糾正，她們出示若干早期照片：「我們的女子，都是這種傳統髮式哪！僅僅近年，才有人學流行留長髮的！」

是這樣嗎！我有些恍惚：

原來，是流行！也往往是傳統！

射手的樂園

不丹佛國的宗教建築極具特色，牆白磚紅、暗綠、與鵝黃和寶藍等彩度處處可見，影響所至，旁及其他構建，在簡樸的民舍中尤為出色。

抵達不丹的次日，先畫出帕洛地方行政中心的主要廟堂，再趕到郊外另一目標寫生，中途匆匆經過這堵姿態滄桑的牆垣，對它的顏色、造型，被谷地環境拱托出來的神祕魅力，以及它由歲月砥礪、琢磨而成那種莫可言宣的氣概與力道感一瞥難忘，我只能等回程去畫它！

當殘照行將移出谷地，惟恐失之的我終於找到它！趕在暮色迫到的瞬間攫取它的美，簡單勾勒時才發現，它的前端還有一座頗大的白色佛塔，它上圓座方，一如昨夕在帕洛被我用以「熱身」的寺廟圖像，此刻在餘暉中染出姹紫、嫣紅

射手的樂園
Paradise for Archers

的顏色，映入遠處山巔半掩斜照的對比，以及側旁在晚風中揚盪的幡旗，對照出如如不動的莊嚴氣象，令我凜然！

可是，在去程時怎未看見它？……。

該不是忙於塵念、奔勞、盲於心靈之眼吧！……

渾忘所以走筆飛快！司機先生停妥車後就不知所之了！留下我獨自站在它面前，就著一種咻咻發聲的音效，在紙面戳撻出一抹抹別饒趣味的筆觸！

天色很快轉暗，山中夜幕的腳步絕不慢，司機先生不知何時已含笑站到我身旁等待了！

急中生智，一面以讚嘆它們豐盈動人的形象語言，一面好奇地搶向前多走幾步瞭解一下！

挨近牆邊咻咻的節奏更清晰了，聽入耳中彷彿似曾相識，未假思索就向裡望，才一探頭，又「咻」的一聲響在身邊，嚇了一跳及時後退，竟有人在牆內向我放箭！我這擅自闖入的莽撞嚇住彼此，我只好立即逃走！

誰會知道這裡竟是露天射箭場呢？

沒有標誌，沒有欄杆或圍籬！雖然，也沒有路！

只有一堆矮矮的泥土，像工地挖出的廢置物……。

射箭，是雷龍子民普遍的運動，男孩子小時就知道削竹造弓箭玩，隨著年齡增長弓箭也放大，成人後的技巧自是精益求精，我曾見過一把被弓箭選手用得色澤棕黃，全弓發亮的上品，伸手觸摸，彈性韌力都極佳。

回到車上很想知道箭場的種種，當時的發問似乎不太笨拙，回到臺北，才愈想愈滑稽。

「既然大家都愛射箭。你們有多少射箭場？又會設在什麼地方？」

這是我們用都市的觀念去衡忖了！

司機先生只怡然一笑：「何必建場呢？任何時、地，都可以是，也可以有！」

紅花！藏紅花?!

離開不丹而今唯一機場所在的帕洛，觀光部的國家司機，載著我在曲折的山路向下走，沿途都是二百度的縱谷險彎，遊目四顧，都是不同海拔的田野、金秋，亮麗的黃葉閃著金光，使我目不轉瞬應接不暇，抓不住這種炫睛之美，及至漸行漸低黃葉褪成橄綠，悅然的我若有所失！

隨著亢奮的心情一級級滑落，在一個急轉彎中驀然砰的一聲！緊急煞車後看清有一條壯碩的大牛擅自橫越，所幸有驚無險看似沒有大礙，飽受驚嚇的彼此才各自上路，我的金秋美夢也被打破！

山途盡處路面趨平，卻是一條瀕臨懸崖的窄路，左邊是石峋嶙嶙的石壁，一落千仞下是蜿蜒谷底的激流，山中闃靜水聲淙淙，但見對岸河床也很陡峭，沒有綠色植被鋪綴，只

紅花! 藏紅花?!
Saffron?

延展一大片山勢莊嚴的禿嶺，在高山日照下；呈顯多種彩度不同的紅棕、紫棕、黃棕，予人磅礴傲岸，又渾厚慈悲的安定感，這讓我想起許多去過、畫過的相似系列，我疲乏地閉目養神，在印象中把它們重重相疊！

恍神間，忽然一片白色如雪，配著一種絲巾般的殷紅豔紫在視覺中攤開，它們併立如此出色，像巨浪般猛烈擊撞我業已渾沌的美感神經，定下心來驚訝地領受，竟是一幢線條典雅的山寺孤立遠山間，它的莊嚴氣象與側坡披覆、有若奔泉的植被顏色，在裸露的岩層中如此奪目，真正令人驚豔讚嘆！情不自已急急叫停，語音未落車已頓住，司機先生笑得很得意，他顯然早已習慣來客到此都會情難自已地歡呼，因此早已篤定要我稍安勿躁，等他找個安全的停車點，我囁囁嚅嚅說出為什麼請求：「這景觀實在出人意表！是我以前未看到、畫過的！」

他欣然同意，不但如此，更殷勤招呼我「可以走下谷底，經吊橋到彼岸，」約需一小時「便能抵達！」

我聽得苦笑:「我們能奢侈地盜取來回三小時的趕路時間嗎? ……」

姑且收心勿多求，只挨在岩畔設法畫出這種震撼心靈的美感經驗就好! 一面好奇地探問這大片豔紅是什麼? 司機兼導遊的他熟稔地回答:「這是一種非常珍貴的藥用植物，只有在這樣的天地，山間才能生存……」

心念百轉體味他的話中話,忽然聯想到毗鄰的西藏山區,偉大的喜馬拉雅山脈的高寒地帶，要藉喇嘛的德行生長，要鮮美、自然的空氣，必須在未受汙染的樂土，在三千多公尺海拔的坡地……，把這些苛刻的條件串連拼湊。腦中一閃靈機忽現，中心忽然激盪起來:「紅花、紅花! 這樣紅豔的花! ……該不會是著名的藏紅花吧?!」

這種藏族之寶是神賜的藥物，對高山病患有不可思議的特效:「可惜是你! 此番『近』在眼前，竟無緣親觸! ……」

不過，幸運的我! 哈哈! 已見識到它們無與倫比的瑰麗啦! ……。

採茶之女

在帕洛只能停留一天,離開這素樸甜美的村鎮不免依依!對首府大城一向缺乏興趣的我途中悶悶不樂，在山谷地形的曲道上摔來摔去竟有些暈車!

遇到警車開道,我們的座車避停一旁禮讓皇后大駕先行!

走過日前衝下谷底的車禍地點，看見後續的打撈工作，心中忐忑!

停車水果攤旁買些蘋果……我只分到一小個!

反而在同伴要我畫深深河谷對岸的古寺時，忽然發現這採集花茶的女子背著竹簍姍姍而行……我頓時激動起來:「這才是我所要的題材啊!」一時之間，我不知該抽取那一種尺寸的畫簿才好!

慌忙中她已走近、走到，也即將走過！不甘就這樣失之

採茶之女
Woman with a Basket

交臂，我快速翻開手中的四開水彩紙便急急勾勒……於是，她注意到了！停下來看了！靈機一動比劃著示意，她居然挨到我旁邊的山壁便靠坐著啦！這使我大喜過望！

興奮得顫抖著手完成底稿，她仍不動！得寸進尺賦彩上色，對方瞪大好奇的眼睛驚訝地看，還不時頷首表示稱許，令我又感激又高興！

行將完成我仍陶醉，不料我的模特兒竟伸手、開口，“Money! Money!”。我噢一驚！飽滿的美感意識遽爾褪色！憐憫地守著她眼神中的反射，難道她真不瞭解自己置身何等豐美的寶藏中?!

金錢有用嗎？我心酸地認得她塞得緊密的背簍中，氣息鮮明的小黃花，帶回去曬乾泡水而飲，是歐洲世界最高檔的花茶！我曾在西德隨緣散去十元美金買到一小包；唇齒留香之餘，更引出許多浪漫的臆測，此際在她的背簍旁嗅著氣息鮮美的它們得到答案！並從它們身上仍帶露珠和甘甜的晨之味推算，才上午十時她已滿載而歸！……。

世界最清洌的空氣，最乾淨的喜馬拉雅山風，不丹最和煦的日照，會幫助它們快速乾燥，留下原始的香味，在恢宏的山野處處生息，任她付出體力時間，就可以在一季中每日輪收！……。無論換到多少錢，其實也沒什麼好買！屋材有取用不盡的山石拌泥塗，器用有現成的竹材和木片，飲食用山泉、雪水、野薪，只要在屋旁種些蘋果、馬鈴薯、青菜，野放一些牧牛、牧羊，就可以自給自足了！在沒有汙染的環境長大，不丹女子個個明眸皓齒唇紅頰粉，在一無點塵的高山生活衣服永遠乾淨得不留汗漬，大家披出一頭黑亮的秀髮，襯出的眼神清純又真誠！一如她們沒有城府的親切感人！比較這些無價寶，唉！……又要索取金錢買什麼?

貴賓之居

想找不丹傳統的富麗色彩嗎?

首府的街上就有! 新造的彩度明亮，古老的雖然歷經歲月而黯淡些，形式組合，卻因時空的恩賜更豐富，更繁複瑰麗!

在國家專為接待貴賓的賓館更是!

尤其我寄住那一間，也是唯一最大的客房!

它位於長廊盡頭，T 型結構的前端，兩面採光，滿目蒼綠，環境非常幽靜。

只是初度踏進去不免震撼，它當中一張又高又大的床，上面披覆著一張織工精巧的床罩，床頭對著窗，並由四個大枕頭「堆」出高高的「椅背」——它們確實像椅背! 在我生命中幾乎從未這樣倚著靠坐起來像個女王!

貴賓之居
A Chamber for Royal Guests

這些枕頭，個個尺碼很大，很扎實，平日慣於不用枕頭的我，每晚只把它們全部疊在一起，極像堡壘的牆壁，有很大的安全感，雖然這古老的房門只能虛掩——。

也許，貴賓之室只能這樣吧！走過數間房門到長廊邊也有一個門，門上也掛著大紅、大黃和大藍的布簾，下踏兩階才到 T 型的橫廊，兩頭各有一室，當中則是一個較矮小的門，是一個小小的房間，這樣的設計形式有非常神祕的感覺，很久以後我才明白，那該是為貴賓的貼身侍衛、保鏢等安全人員所準備！作為必須接受萬全衛護的貴賓，又豈有緊閂房門，隔絕自己的理由？

可是，我只是個單身的女性，無法關緊房門不免緊張！加上深棕的木壁、深紅的大地毯和一塊白底藍花的小地毯、深綠花式的床板，從外面進來黝暗無比。

服務生趕快打開所有的房燈，卻都是昏黃的電燈泡，及至拉開另一個門簾找到大浴室，好傢伙！盥洗盆鏡片之上，居然有一盞日光燈！這發現使我非常欣喜！因為，我找到好用的工作檯了！它終於成為我在不丹修畫的好去處，每天晚上，我都關去暖爐，躲在裡面攤開色盤整理畫作，往往滿桌顏色——又偷偷洗淨！

房間一側，有一個不太搭調的現代冰箱，裡面外面，擺滿各種飲料、礦泉水和酒——我都沒有享受，在這被保護隔絕的環境裡，我只好每天取用一大瓶礦泉水！

我只需要熱開水和茶，卻必須走到櫃檯前點叫，便有專人托著瓷質的盤，連杯、壺、茶包一併送來，一旦忘記，它們很快冷卻，無法保溫、又不能一次次麻煩別人，就不免感覺有些累！

某次找到一位英語很好的侍者，探問上述諸點，他誠懇地笑，說在這裡沒有安全顧慮！此外，「我們有很多人力提供服務，要什麼只管吩咐就好！」

「因為，妳是我們的貴賓！」

他們的玩具

你見過這樣的學生服?像極從我們古畫裡走出來的孩童!他們出現在遺世自適的今日山間，在喜馬拉雅山脈的不丹!

學生服形制這樣，所有市井小民皇室貴冑，只要是男性都必須這樣!不同只在各級學校選擇自己統一的制服顏色，上課放學，很易辨識!

那天及暮，要經過熱鬧的市中心，在不用紅綠燈標誌的自然路規中走走停停，忽然瞥見六、七個背負書包，藍灰制服的小學學童在競跑搶先!他們在熙攘往來的行人中喧叫著穿梭奪路，在動線中織出數道一幌即去的光影如煙!沒有人對這種快樂的童聲加以喝阻，都一笑、一讓就避到一邊去!等到我坐的車大老爺般捱著車陣移龜步，終於磨到這群活潑藍衣身形的聚集地，原來他們搶攻一家店面的街邊，在數袋

他們的玩具
Children, Easily Pleased with Sacks

褐色的大貨物包上玩得不亦樂乎！

這是一家裝潢傳統的圍巾專賣店！牆頭角柱，都精緻地繪著龍頭、雲形、唐草和如意紋，四格紅色窗櫺把所有注目禮集中店內的繽紛展售，此時天色漸暗，更顯得內部溫暖的燈光和折疊整齊的富麗貨色，有特別的安詳期待和吸引力！

我卻被店前那堆快樂蹦跳的深色「人球」，和他們歡樂享用的「彈簧床」深深吸引住，已經很久未接觸這樣質樸、恣縱的童真了！只不過街邊幾個散放的貨袋，就能讓他們跳得這麼高興！沒有電玩鎖住，未被網咖網住，不被科技文明犧牲，沒有變成現代化人性的白老鼠……關在沒有新鮮空氣循環的冰冷牆壁內，沒日沒夜地疏離親情友情……呆望他們無拘無束的「放學之路」盡是輕鬆的抒放，許多兒時的童騃回憶乃一一抽起、曳出，許多早被忘卻的赤子情懷漸次掀開！當時涉野溪、捉魚摸蝦的樂趣重新鮮活，夜持火炬找田雞，清晨浥露摘野菜加餐的況味甜美猶昔，那種與大自然合調的天真成長養分何其美麗！現在回想，它們，始終不離不棄！……已滋育我逾七十年！

停下車來靜靜觀察，這久違的熟悉場景竟得於異鄉！很難解釋「它們」為什麼與我的身心如此相契，掀開畫本就把他們一一捉入畫圖中，半個小時後這批孩子業已跳累，他們又變換姿勢時躺時坐，三三兩兩喘著長氣交心而談！而我，這走過生命長途的畫者，也把他們家國的特色收納景框裡！

謝謝你們！親愛的孩子！

謝謝你們協助我再度肯定赤子之心的美麗！

原汁原味的生活

這天的參訪另有目標，但在山途經過一個小村小道和一排古意盎然的小店家，我意外獲取到一種原汁原味的生活語言，一如天上掉下來！

這是我不敢冀求的寶藏，怎麼可能邂逅在這道中？……。

它們在小街一側羅列，全部用樸拙的木條構搭而成，樑柱是粗細不一、剝皮後的原木幹，厚重的牆面由堅實的木板釘出安全的壁壘，只比人略高的門框門楣，要來客俯身低頭而過，若不進入，則可以站在門外窄窄的廊道上，在小窗之前，撐著靠著扶著，舒適地向店內的貨物審忖挑揀，要煙要糖、指指點點，就能各取所需，完成交易，賣買之間，全無商業氣息，有之只是鄉親間物物交換的形式，呈顯著濃厚的鄉情分享。

央請司機停車一旁但勿驚動人群，唯有這樣才能讓我靜靜躲在車廂內盡情觀察，用記憶中的時光現象和瞭解認知去取景作畫，迨一切安頓終於如願，我已不動聲色去勾勒！

先按計畫佈陳已有的場景，再像經驗豐富的獵人守著目的物，期望從人來人往的肢體語言探索當地的民胞物與情，再從地方的真實生活，讀出他們簡單作息中內心豐腴的祕密。

於是，各式人等一一登場，這業已用了六十年的畫眼，乃內心熾熱、理性拿捏地握緊畫筆，一面把眼前這種睽違已久的誠樸真摯之美，與自己童年珍貴的成長磨練，和其後畢生受用、永不枯竭能源套疊、印證，也不知不覺比較不由分說、不易自主的現代人生，可曾隨時空的嬗遞，找到更深刻的生命價值，意義和目標？

現代的快樂在那裡？在解脫？抒放？……。

快樂的定義到底是什麼？是獲得？是割捨？……。

這些桃源世界的今之古人一派悠然自得，是否真如臺北坊間所傳唱：「快樂就是那麼容易的東西！」

有位老漢首先出場，他只一步就跨上了臺架，與店內女子聊個不停，我完筆收工他仍不離去，店外店內，都很開心！

有四、五位清秀的小媽媽揹著孩子進場，她們看來最多十四、五歲，與同儕相聚自是一番和樂氣象，她們不時拍拍身後的娃娃，時而相互推弄著嘻笑。我動心地想把她們捉入畫裡，她們已湧到另一個小店門前，指指笑笑，神態有所嚮往，原來那小店內還有一疋疋色彩鮮豔的衣物，看來天下女子本性都一致，對照她們身上素樸的國服顏色，不免惦罣她們可會去購買？及至遠處一聲老婆婆揚聲呼叫，這群小媽媽一哄而散，措手不及失去機會，執筆在手不免懊惱！

另一間是一看就知是雜貨店，糖果、碗盤、玩具、文具等一應俱有，有些衣帽書簿由屋內攤掛到屋外，一如我們早期小村村野的店鋪，正考慮用什麼方法表現這些雜物，一群快樂的孩子已呼嘯著奔來，他們爭先搶到門邊向內望，腳程較差的無法後來居上，十二個孩子因此你推我擠放聲大笑，嚷叫的童真感染了大家，所有人都開心地顧盼，加以注意才發現，幽暗的門內有微弱的聲光閃爍，看來該有一座小型的電視在為大家播放，友愛的不丹人，也讓這群孩子探頭探腦地分享！

立即決定把這批天真無邪的身形「填」入門框內，可惜才畫六個小黑頭就已「額滿」了！自忖何必硬要數著人頭加上去啊！我乃對著他們哈哈笑，

「只要有你們的快樂代表就夠了！」

原汁原味的生活
An Image of the Bhutanese Daily Life

不丹多美人

從不丹回來已有一年，坐入臺北畫室，兩位代表性的不丹女子的身形，仍縈繞難已！

按理說，畫過六十多年，八十多國的畫眼應已閱人多矣，環肥燕瘦，各具其美，於今獨對不丹山國無脂粉施，無美衣著的素顏女子念念不忘，連我自己也訝異！

無法知道她們是誰！身分、工作、學養、家庭……只第一眼就被吸引住。她們只穿著素樸、深色、平民化的不丹常服，但體態輕盈、娟秀清靈、資質嫻雅、舉止祥妍，予人真純、聰慧、善良的可人感覺。

第一位在都城廷布的鬧市裡。初次經過，已記得這條路段的特色，櫛比的店家、築在山城的斜坡上，各戶都有自己的廊道，它們互相密接併連以供人行，一如拾級而上的坡道，也因此各家各戶自有石階，登臨進門非常方便！

第二次經過適逢上班時間，陷入車陣走走停停，在這拒用紅綠燈的國度，這雙畫眼意外變成觀光眼，反而讓我發現這位溫婉的佳人側坐石階旁。

不丹多美人
Bhutanese Beauty

她的服裝不比別人出色，髮式也極普通，然而，她的坐姿如此優美，表情如此端莊，儀態如此動人，在朝陽下，在人群往來中，她只悠然神往地專注於手上的工作，正熟練地舞動如玉之指，把金色陽光織入圍巾裡，那種節奏有如韻律，一如美麗動人的樂音，令我傾倒！

次日到郊外，路過一排小村的小店，正著迷於刻畫它們的地方特色，又有一位麗人姍姍走入我的畫景裡！

她步履從容，踏出一扇我在畫的門，手捧一本厚厚的書，坐在屋前的廊架上認真翻讀。

她身上散發出濃重的書香之味，臉上線條，有逸氣和靈氣，舉手投足優雅如斯，讀著讀著，偶爾仰望天穹深思，我驚訝地發現眉清目秀的她，眼神的光芒在睿智中更透出自信自知的英氣！

我醉倒了！

既想繼續完成先前進行中的畫作，又想把她捉入畫圖裡，心猿意馬掙扎不已時我嘆口氣：

「怎麼會在不丹的鄉間，出現這種資質、教養的美麗女子！……」

心念一轉，不顧一切，何妨放下其他，就用視線追到她吧！改變目標仔細描繪，也許被她嫻靜的容止所影響，畫上的線條也纖細精緻，剛好一隻黃毛的小貓依偎她的裙下，她只一笑就伸手抱到身上，親暱地撫摸好一陣才放走牠，又立刻回到厚厚的書本中。

她應該是位學生？……。

在城鄉教育均等的山國不丹，即使遠在山陰，有志者仍然可享有機會相等、視野一致的免費教育！

顫抖的心靈用顫抖的手終於畫完，很怕把她嚇跑了，我小心翼翼走近她索取簽名，她只落落大方嫣然一笑，就拿起筆，在紙上寫下英文，宗喀文的簽名及就讀學校，字跡熟稔筆觸流利，令人驚豔！

把筆、簿遞還我時，她吐氣如蘭的用英語問：

「這樣可以嗎？還要加註什麼嗎？……。」

沒有矯揉做作，沒有小女兒的忸怩畏縮！滿臉真誠、親愛，卒使我這七十二歲的心靈，連聲嘆息：

「不丹！不丹！原來，真正的美人在不丹！」

山中織女

我找到她了！在那彎陡坡險峻的山道旁！

「就這裡！這裡！」我忘情地指，司機先生立即緊急煞車！

煞車聲非常刺耳！那安靜，專注的身形連頭也不抬，她仍像那天端坐矮矮的家屋旁，面對撐在牆邊那架極為簡單的編織機，如果那幾根縛著的木條能被稱作「機」！雙手靈巧地舞動著拉線，穿梭……。

忘不了來時中途在車內，被高速的急轉彎摔得頭昏眼花，只覺著路面起起伏伏忽升忽降，山體在車外飛舞，蹦跳著馳奔，手中的紙筆在車內亂竄，渾沌中，怎會有個沉靜的人影在小屋旁予我驚豔的一瞥？

記得那時，掙扎坐起向回望，才發現那急轉彎道旁的小屋處於危岩上，左側是一落千仞的深谷，蜿蜒的河道，就在

山中織女
Weaver in the Mountain

山腳險坡中隱入蒼茫！

最巧的是，陽光適時把其秀如帶的河流映成一串閃著金光的長鍊，成就天地的大愛版圖、反射出無私的大美，襯在人影背後，把她融入、嵌上、鑲好、完美無瑕！

捨不得這匆匆照眼的美感經驗，我胡亂捉住身邊能搆到的紙筆倉促強記！……此際原路賦歸，不禁萌生再看一眼的奢望。翻出當日的速寫用心溫習，企圖一步步揪出有用的線索。隨著場景漸漸熟悉，記憶印象漸漸契合、熟悉起來，我的情緒也開始亢奮：

「好像快到了！應該就在這一帶……」

我緊張地拉著司機椅背向前望，才一轉彎她已出現了！

「不行！不行！」司機先生急起來！「在這裡停車太危險了！」

可我心滿意足只要求「停一下下！」讓我多看一眼，把印象整理篩檢，把空白填滿！把她撐抵於木柱下的雙腳勾出，手上的纖梭和身邊的紡錘看清些而已！

完成補白工作非常高興！我總算畫出這樣的感動了！手工編織在這山間佛國如此重要，即使一條小小的腰帶也有多元的應用，以之紮袍繫腰，沒有誰能少了它！男子藉它綁出胸前、肚上的置物袋，女性以之隨身高調整，尤其女性傳統之裙其實只是一塊布，它很像一張床布或大桌巾，穿戴時量身摺疊，先用兩個環扣把雙角固定肩上，再用腰帶綁出裙長，留下一道摺口，走起路來自是婀娜多姿！

這種腰帶人人必備，有絲質的豪華型和普及的簡單型，我曾數次在山雲飄邈中看到這些專注的織女，才不管它山路多轉折，雲雲霧霧多濕冷，她們身形反而忽然隱約，忽又清晰得格外動人！

好美麗的織女啊！

好堅忍，勤奮的美麗令人難忘！

願望的聲音

你聽過願望的聲音嗎?

願望會載於文字，託於樂音，寄於色線交錯的圖象，交付肢體律動的表現，最簡單是訴諸語言……都出於人性最美的情感，因此格外具有感動力!

在不丹行旅，我卻聽見願望的聲音!

它們出現在寺廟外，佛像旁，林蔭間，山崖上，在河岸曲道，鄉村的屋前屋後，最特別是糾纏於橋樑的欄杆，有祈願的經幡飄搖時!……

這些經幡有不同尺寸，小者呈三角形或長方形，顏色有紅、藍、綠、黃、朱、白等，通常疏落地掛在架空橫懸的繩索上，另一種較長較大，或單一或串聯套在長杆上插入地表，都高大如樹，庇護在矮小的傳統木屋旁則更具安全感！它們

願望的聲音
The Sound of Flying Prayer Flags

上面密密印滿祈願的經文，不丹人深信，當它們被風吹著飄蕩，所有的願望便上傳天聽，送進慈悲佛陀的耳中！

它們隨處可見，往往數十枝聚在一齊，即使落單也三、兩併立，由於時間有先有後，色澤也有明亮和老舊，很多業已黯淡褪色，年代更遠全部轉白，經幡邊緣已殘缺不全，咸信已完成責任完成工作，然而沒有人會把它們拔去，反而格外尊重與疼惜……它們早已成為不丹的特色。

初來乍到時，我只急於描繪它們形色殊異的美，及後所見漸多所知愈深，凜凜地接觸它們的內涵，才開始欣賞閱讀，並滿懷歡喜！

那天在中途站等候檢驗通行證，偶爾從車內看見這幢典型的傳統民居，它築在阜起的土丘上，出出入入只有踏實的泥坡，情景有如我的童年之寓，兒時攀上爬下的往事倏忽前昨，我迅速拿出畫本走過去。

挨近幡旗才驚覺它們之大，靠得愈近擋住的望眼愈多，第一次得到貼近它們的機遇，我決心從兩大片搧動著的幡旗縫隙中繼續寫生!

這天寒風既強且冷，幡旗的飄搖也大開大闔，我的畫景因此忽隱忽現難以捉摸，幡旗的風聲卻持續忽急忽緩，如歌如號！沉緬在入耳的律動中揮筆別有滋味，屋中的主要角色一老一少，也在幡旗活潑的掀闔中進進出出，眼前身邊，宛似巧妙的動畫在放映，恍惚中，我也走入了場景。

驀然驚覺幡旗的飄蕩是緊握生命的希望；入耳的擺盪開闔，便是永不中絕願望的聲音！它們長久以來代替淳樸天真的不丹赤心傳送上天，一代代人間因此永遠擁抱等待希望的安慰和快樂！……

感謝你啊：真摯的願望聲音！

祝福你啊：滿載生命宏願的經幡和山風！

也是雙職

從海拔較低，氣溫較暖的不丹首府西行，車道仍沿著河谷地形的山脈蜿蜒著登高，寒氣漸增雲霧漸重，金黃的秋光更絢爛亮麗了！

然而，山途也更拗折！即使什麼也不做只專心危坐，仍陷入想不暈車也難的困境。抵達中途檢查站那僅十餘戶的小村，才推開車門，就被濕冷的空氣迫回來！不過，我已聞到隨風飄到的蘋果之香啦！

不錯！確實是鮮明清香的蘋果滋味，甜中帶酸正好克制暈車的渾噩感！注意到稍遠的棚攤上，有個女子瑟縮坐在風寒裡，懷中甜蜜呵護著的，應該是個不大的襁褓！

汽車開過去，她抬起頭來！

有人走近些，她眸瞳放出希望之光！

也是雙職
A Woman Babysitting Her Child While Selling Apples

輕輕放下緊抱的寶貝，她俐落的伸手調整棚架上的蘋果攤位，才站起招呼，迎客！

當來者踟躕、猶豫，她投出友善信任的一笑，便逕自回到襁褓旁享受親情，任大家精挑細選後回來，只等完成交易一切妥貼，她很快轉身回到原先的位置，重新抱起心肝寶貝，歡喜埋頭衷心嚮往的愛戀中！沒有額外的期待，沒有貪多的企圖，彷彿已經售出一些蘋果，換到一些她應得的，又能回來摟抱孩子，獲致感性的滿足，整個世界已經圓滿！所以，當她兩頭忙碌專注經營，未嘗稍稍分神攏攏自己前額的覆髮顧盼自憐，也不曾不耐地抹抹頰上風絲雨絲吹過的水珠，嗟嘆生命太多不可承受之重？

聽說她獨自樂天知命照顧園中的蘋果樹一如其他孩子，就這樣誠懇知足地耽溺在這片高寒、但空氣甘甜的山間，和她境由心造的溫煦裡。

這動人的生命風景照入帶著畫筆的老媽媽眼中，浸淫出許多大美，躲入暖烘烘的車廂內，向風寒中的她揮筆時，雙手不自覺地有些抖！

獨種蘋果以養家？這份工作容易嗎？……

從植株、剪枝、修葉想起……要經年累月的勞力，還要澆水、施肥、除蟲，沒有一項能省心！

獨自扶養孩子輕鬆嗎？……

唉！得走過長長的昨天、今日和明天，生之不易，養之更難，還有要教、要帶……自是心力交瘁！

無法畫到她忙來忙去、但心滿意足的笑顏，我只從她坐成一團的身影，畫出她抱暖孩子的深情！

驀然想起現代都市婦女對雙職諸多微詞，相形之下，這位不丹女子風寒中來，雨霧中去……為什麼卻偏偏如此滿足於工作責任的兩頭燒？……

時間的顏色

「有個地方你必需去!」

對方斬釘截鐵的對我說!

不告訴我是什麼地方?在那裡?為什麼不能不去?!……。

往普那卡要一路上山，山路只在雲霧中，漸行漸高坐在車內也覺著冷，車外的秋光卻愈來愈迷人!

畫者最愛的老樹次第出現，枝幹槎枒盤曲的氣勢愈來愈動人，到了後來都是高聳入雲的千年寒木，卻被瀲灩的秋光為它們綴上如金的黃葉和炫睛的紅葉，非常漂亮!

「如果用彩色畫它們，我定要用紫棕相襯，定能推出它們標緻的美去奪人魂魄!……」我只有這樣嘆息!

受時空侷限不能停車，我遺憾地枯坐想像中，行至秋光已老處，忽然接出一株株濕濕的藍!原來已翻過高山的向陽

時間的顏色
Legacy at Dochula

坡，抵達這條路上的至高點！

顏色的沖激使我精神抖擻，一座巨大的「幡旗山」遽現眼前，成千上萬不計其數的幡旗自由地插滿山頭，量逾萬枝的各種旗杆兀自重疊，天空、視野俱被縱橫交錯的繩索覆蓋，掛在上面的旗幟也出奇制勝，沒有間隙可用時，甚至拉過馬路另一側，它們構成長長的幡旗隧道遮斷了望眼，這唯一可觀喜馬拉雅雪山的開闊視野，只能掩映旗縫間！

這莊嚴神聖的壯觀氣象大大震撼我！我忍不住失聲而叫：「天哪！怎麼會有這麼多彩色旗幟集中這地方？……」

看出這大堆幡旗都是時空的累積！它們集古今之大觀，聚歷史與當下！……有的旗杆和上面的幡旗早已朽斷枯爛，有的巍巍然挺立但旗幟早已失色，更多嶄新得彷彿才剛掛上。當左方山頭無縫可插便拉向右邊！……我的血液忽然沸騰起來！

明白它們每一面都代表一個或大或小的願望，每串杆旗都寄寓著全心全意的禱祝，所有線、索都拴住舉家的企待，讓它們在雨中舞、風中動，一組組永遠的希望，殷殷的期盼乃永不稍息！

感動地顧盼所有鮮明的旗、陳舊的旗、失色的旗和老化的旗幟，我清楚看見不同的時空，一代代人性，都因而獲得身心的安頓，這種「看見」如此無遮地明確，忽然之間很想大哭！心念百轉間，彷彿拿起什麼又放下一切，若有所失又若有所得！驀然想起不久前義大利女警官曾經紅著眼眶對我說：「人們可以想像死亡，但決不可未帶希望而死！」

猛地抽出畫紙就汽車前蓋就畫，淚眼模糊中，那成千上萬的許願旗已溶成一個撼人魂魄的萬花筒，讓我全心全意守著它時間的顏色，畫出永不放棄的生命彩度！

完成之後凍得發抖，我才發現這七十二歲的老畫家，竟站在不丹三千多公尺的宗教聖地，燃燒內心的熱力，單衣寫生渾不覺！

美少女修路

越過海拔三千七百公尺的高山向下行，走過一條山容寂寞的長路，中途山嵐掩映鮮少人蹤，難得看見三、兩農舍在雲霧中，像極令人著迷的神仙居！

走著走著，路旁疏落地出現兩、三組人物，他們有男女老幼，像是一組組家人在戶外共聚，較小的孩子在風寒中凍出蘋果臉，還有嬰兒被親暱地抱入母親的懷裡，他們不時被抱回「大地之床」上，讓大人繼續忙碌，情況一如中東家庭常見的野炊，不同只在他們正掘土挖石搬泥，不知在做什麼？

汽車速度變慢了，不免擔心出狀況，司機先生怡然一笑：「最近，我們這裡在修路！」

修路？我們早已習慣怪手只一動，就轟轟然天崩地陷！也見過萬人參與的修築工程，人陣喧騰，七手八腳……此際

美少女修路
A Pretty Young Female Worker for Road Construction

在安謐的深山中，一組組人慢條斯理地動鋤舞鍬，用簸箕雙手移土推石，真在修路該是慢工細活了！

繼續前行，瞥見兩個落單的修路客，隔了很遠，又出現另一個孤單工作的人影，漸走漸近我非常驚訝，竟是一位姿態嫻雅的窈窕淑女在掘地！

她身著紫格的長裙，上穿一件傳統的灰色外套，袖筒翻出淺綠的襯衫袖，肩上加披一條紫色大圍巾……。

她一鋤鋤用力掘下去，又把鋤頭拔起揮向天空，屢屢擦拭前額的汗水，秀麗的臉頰粉中帶紅！估量她的年齡正是青春少艾，舉手投足間似韻如詩，完全不像行動粗魯的修路工，使我一時看呆了！

於是，我看見耳上長長的珠墜輕拂她的臉，又看見她專注工作的神情之美，無顧於有人瞪大好奇的眼睛，坐車從她面前緩緩過，這位美麗的好女子仍莊嚴地用志不紛、乃凝於神……。

一面嘆息一邊畫，我盡情收錄此趟不丹行中最美的感動！思前想後意緒波盪，也一點點拼湊出這裡的真實故事，這三三兩兩的工作組顯然屬於這區域僅有的農家，他們動員了全家老少投入修路工作利人利己，讓政府不必困難地境外移師便可就地進行，反正每個人都有心力體力和能力，如果愚公可以移山，他們逐步穩紮穩打，假以時日自必功成！

反正不丹人生活簡單，因此能為生命勻出很多時間！

反正他們沒有物慾的追逐，人人氣定心閒令我羨慕！

忽然想起我們的青春玉女缺少生活重心：提出這真實故事……不知能喚醒一些徬徨不？

山中運輸隊

不丹境內都是縱谷，開築的道路也是依山形迴轉的曲道，交通不便行旅維艱，卻也原汁原味地鍛鍊出不丹人一雙穩健的腳，攀山赴險，如履平地，還給進化成直立動物的人類兩足以應具的功能！

忘不了十一歲時在杭州山居，每天都要未明即起，獨自翻過一座山頭到市場買菜的往事，疲乏不堪時，比較巴蜀山道的艱險，想到蜀人健步如飛的神氣，才一次次累積蹞步去完成使命，斯情斯境深深影響我，甚至多年前的國慶前夕，我帶了三個幼小的孩子去總統府前湊熱鬧，不料事後無車可坐，靈機一動要他們試試走回家，一路談著我這兒時往事，沿寬坦的重慶南路散步般回永和，抵達家門忍不住一陣歡呼，大叫我們做到了！孩子們從此走出行者必至的信念，只要自

山中運輸隊
Transporting Wood in the Mountain

己有腳，就無不可達！

這就是我特別注意當地人負簍行的原因了！他們的身形在我心中如此親切，他們無遮的容顏如此真摯，他們的姿態、步履、及背簍裝載的表述一覽無遺，只從第一眼瞥及就可以讀出他們是上工抑收工去，也無論背籃空空或填塞滿滿，都動人心弦地敘述著一分分知足和希望！

從帕洛到廷布的險道上，我就已畫出了一個路旁小歇的男子，他坐在陡坡的護欄上，在泛著各種金黃色的秋光裡，悠閒自得得令人羨慕！

其後不斷遇到近似的富足感，在一條條彎路上，男女老少都有，背簍中的裝載也大異其趣！

那天正暈車，忽然看見前窗框出一堆薪柴在自己動！原來是個矮小的孩子揹著它們爬上坡，由於這堆荷負的體積實在大，從後面看過去，只像它們長出一雙瘦小的腳丫！

同樣的狀況出現另一處，總共六、七堆疊成人身高度的禾稈，分別揹在六、七個人背後，他們一字列隊只顧低頭慢慢攀，但見大草堆有如草牆相錯著移動，完全看不到背負它們的人。

最令我深思莫若這畫面，忽然有七大捆橫板在窄道旁向上移，它們都是從舊屋拆下的「歲月之木」，聽說是要搬往山區再組裝，這隊運輸行伍只有一位是未來的主人！其餘六人有男有女，都是志願協助搬運的親朋好友……

這樣搬運實在很辛苦，在不丹鄉間卻常出現，誰會這樣阿莎力得如此心甘情願？又有誰「笨到」願意為別人揹起這些沉重的建材上高山？……想到冷漠的都市叢林對門不相識！也許現在，只有不丹宅心仁厚的今之古人，才會急人之急，投入這種只重然諾的行動不計較！

山中鬧區

不丹人口本就少，散入山區可以找不到人煙，輾轉山途難得遇到市鎮，更遑論人多勢眾的鬧區了！

這一天，說要去找低海拔的溫泉旅館，這對來自臺灣，見過不少溫泉的我意興闌珊！儘管一路山青水秀足以寓目，怎麼看都像我們早期的北宜公路！

中途在這稀有的小鎮稍憩，看人來人往居然很不習慣！紙筆在手猶豫不決，偏偏得等汽車司機各處找汽車零件，時間既長一切無法預料，才轉念既已來到做個過客，又豈能忍心拒絕這種殊緣？荒疏動筆與之對話的機制，該不致笨到讓後悔、遺憾啃噬自己吧？

打起精神立刻揮洒，心眼忽然靈敏起來！跳出阻障落筆很快，這才捉住視覺感覺與童年印象相合相契！七十二歲的老眼乃忽然得以睜開，心電感應立刻機敏的穿刺歷史的留痕！每座街店的歲月之美終於無礙！曩昔的老故事也開始澄明順暢了！

山中鬧區
A Town in the Mountain

它們又窄又長的窗櫺，喚醒我六十多年前的大陸印象，矮矮的木門早已盡歷風霜，斑駁的陳年漆銹堆砌已厚，歪斜的樑柱上釘痕宛然！用石塊鎮壓的屋頂、雨簷都是說不完的風霜雨雪。

這樣的山城構築我不陌生，即使最大的主街也依地勢而建，屋宇層疊像階梯般毗連，每家每戶，都藉左右高度不等的階梯出入，即使中心的「平原」廣場也只是其中的大石級而已，像我們的九份、重慶、義大利古城……那種令人低迴的特色，走在上面趣味無窮！每每讓我興嘆感喟：人類的調適能力，竟然可以如此發揮！生活硬度生命韌度因此吐輝。

被時光隧道從兩端拉曳，心情的確很怪異，才畫出店街古樸之美，就發現廣場上忽然人多了！有手挽大包小包的婆婆媽媽、有紅衣黃衣的大小喇嘛、有彎腰駝背策杖而行的長者、也有體型壯碩、方頭大耳的男子成堆閒聊……原來已屆午休時間，下課、放工，都在這個市集中心候車、轉車。

有位手捧書本的麗人姍姍來又去，身上散發著迷人的書香氣息，目送她遠去悅然若失，請教司機先生，他笑說這個山城是這大區塊的文教行政中心：

「有很多學校在此設立，這位女子，應是教授或老師……」這訊息大大出人意料，令我深思了很久。

選擇幾位頗具特色的人影入畫，才加上背景的寺廟、經輪，綴上數位默默等待交通工具的姿態，把街後的樹木淡淡相敷，這才發現高高橫拖拖的電柱電線上，有許多密密排列的黑點，正擅自揣測會是什麼結構？有什麼功能？……。不如先把它們畫下來再找答案！

納悶地點呀點的快將點完，一陣緊急的煞車聲驚動行人，這些黑點遽然飛起，飛走，竟是一批飛鳥族群在此暫駐！牠們一如地面的不丹人般，安詳，停在電線上也一動不動。

是當地的人文影響牠們？抑或鳥群的習性對不丹人有啟發作用？

再度啟程我不斷回首望：

哈哈！這些不丹的飛鳥又在電線的交錯中密密排滿了！

在關卡前

在不丹行旅很不易！

入境申請不易，得到允許進入參訪，每日又以收取百元美金的高標準限制人數，旅邸、餐館少之又少，到了荒郊野外沒有食堂，也不需要廁所，來客方便可以散入山間去「看牛」“To meet the bull”，這與行旅大世界其他窮鄉僻壤的情況一致，出於自然還諸自然，其實也很自然！

交通問題解決不易，計程車只在都城及機場附近存在，如若找到小巴、中巴用以代步，在唯一一條縱貫原始山脈的狹路開車也左彎右拐，自必摔得七葷八素心驚膽顫，漫長的窄道偶爾放寬，則是檢查站又到了！又可以稍事休憩了！

依照不丹的入國規定，所有外人或訪客，即使暫離居所往訪其他地區，一律需向不丹政府相關單位，申請辦理通行

在關卡前
At a Check Point

許可證，上面註明個人資料，前往目標之時地，需通過的關卡以及回程，所有通行證只能用一次，每個人一次一份不許出借也不可延期，文件之上，僅僅使用不丹政府官定文字，這是源自藏文的宗喀文。

這種文件的性質，讓我想起共產國家限制人民行動自由的「路條」！但在不丹，嚴格限制外人和他們必然帶來的文化汙染，用以保護人間這最後的淨土，讓純樸的雷龍子民，繼續在這香格里拉般的仙境，無瑕地享有最淳樸的快樂！

也因為此，關卡的查驗非常認真，上面密密書寫持有者的資料，來訪目的等等，這種文字一般人不能懂，看上去好像很多蚯蚓在蠕動！

這天，來到最近邊界的關卡，等待查驗放行的時間也特別長，拿出畫簿準備利用時間找些斬獲，有位藍衣軍警默默走過來。

該不是這裡禁止作畫吧？……

忐忑中，他已轉向左方的河岸邊，路邊數位看似等車的婦女就地而坐，她們隨手鋪開一張草蓆，從袋中變戲法般掏出幾枚瘦瘦的桔子，它們華貴的散在色彩黧暗，材質又陳舊的紫棕相混的毯布上，映著陽光亮麗絕倫！

她們與關警開始爭執，只不稍頃就各自禁聲，看來應是關警前來阻止、取締，村婦們則抗議著不肯遷就；但見關警遲疑地讓步，未再則聲未再勸阻，不見雙方有什麼行動就息鼓偃旗了……

村婦仍然坐著！

金色的桔子仍然炫眼！

關警緩緩移步去！

唉！仍然看不到有人購買！

穎慧的民族自尊

拿著通行證闖過一關又一關，也在上面明註的時限守法地趕到。回程再遇這邊城檢查站，又因手續繁複，等候的時間長，有經驗的我早已計畫及時把握這特殊的機會，找新題材了！

與去程的薄暮相較，上午的陽光感覺很清朗，陰霾已散去。幾位售桔婦也不知所蹤！前次執法軍警寫在臉上的掙扎也已不見，寓目所及，我不免期待嶄新的故事來。

這一次，場景換做觀光客的攝影機和三個路過的小學童，當外客一再追著她們要求拍照，她們善體人意含笑應付，及至對方的相機需索太多，她們就客氣地保持民族自尊不肯多留了！

她們繼續的腳程，反而走進我的視網裡！遲疑片刻決定

穎慧的民族自尊
Students in Kiras

試試運氣，賈勇拿出紙筆就迎過去：

「哈囉，早啊！」我盡量親切真誠向她們招呼，得到甜美的回應後，我出示鉛筆和畫簿懇求同意：

「請問：我可以畫你們嗎？」

當她們好奇地站住，我知道機不可失，快速出手專心把握，傾斜畫簿使她們看見進度，三個孩子興奮起來！守著我先從左方那位的眼睛眉毛著筆，畫出臉龐和頭髮，先行出示以贏得她們信任，繼續完成給她們看，引起大家一陣歡笑！

輪到第二位年齡較小的，三個女孩都努力憋住不敢動，也不敢笑，姿態表情，可愛得叫人心疼又感動。

這個小女孩較黑也較活潑！她有一雙慧黠的大眼睛和很深的酒渦，當同伴躁動她會出聲制止，發現手腳姿態改變也必協助糾正歸位，她的靈巧爽朗使過程進展一切順利，其後趕來圍觀意圖加入的男孩也被她阻止了！

畫到第三位時這三人團隊依舊肅立，逗得檢查站的軍警也老遠過來看，然後紛紛豎出大拇指表示稱讚，不知是鼓勵她們站得得體？還是表示我畫得還可以？……完成之後循例請她們簽名，發現前面兩位竟爾同名同姓！

「你們兩位是姊妹嗎？……」

她們彼此互望一陣才開始大笑：

「不不！我們的姓名雖然相同，但只是很要好的同學。」

揮別之時有些依依，身邊未帶任何可以致送的小禮物，不過，相信她們已得到比物質更好的印記，一如我這遠來的老畫家一樣銘刻在心永難忘記！

在合流河畔

我在眾人圍觀中完成這幅作品。

描寫出位於著名的夫婦河交會點岸灘上的「它」。

這是不易入國行旅的不丹，「非到不可」的宗教聖地，歷史最悠久，規模最大，有神祕的精神力量，也是不丹人的心靈依歸和最大的驕傲！

從都城廷布出發，越過海拔三千多公尺的至高點，鑽出雲霧掩映的高寒秋光，輾轉下到普那卡河傍，遠遠望去，山環水抱，是個絕佳的福地！

選定一處幽靜的河岸平臺落腳，我決心靜靜畫出它有所昭啟的氣勢。

我很專注地落筆，身畔來了兩個觀畫的人影，那是兩位文靜清秀的少年，都穿著灰褐色的國服，這在人口稀少的不丹頗不常見，不過，我並未分心招呼！……。

然後，不知何時，又來了一個、三個，我也不在意！

陸續有人跑來，加入，更有三個寶藍衣裙的女孩現身，及至人群愈聚愈多，我才知道學校就在後面！

在合流河畔
The River Bank Where Pho Chu and Mo Chu Meet

司機先生笑著告訴我：因為先前兩個學生回校通報，說有外人「稀有地」在河畔寫生，大小學生因此蜂擁而出，也讓我這不丹之旅「稀有地」遇到這麼多「觀眾」。

有位「畫家」學生邊嚷邊跑湊過來：

「畫畫有什麼了不起，這個地點我早就畫過了！」

待他跑近被嚇愣在一旁，觀看了很久才小心翼翼問我可是繪畫老師？……。

「觀眾」太多了，椅子被推擠，欄杆一再搖幌，紙拿不住畫筆也不穩，然而，想到這是天下孩子的本性，我總設法忍耐。

然而，又有三個身穿朱衣綠裙的小學生莽撞地衝到，他們一面興奮地大叫，一面推倒我的畫板，打翻我的水壺，我只好無奈地攤開雙手：

「哎！你們這樣——我無法畫了！」

孩子們忽然靜下來，氣氛頓時僵住好一陣，幾個稍大的學生才開始插手，他們默默拉開業已嚇住的闖禍者，替我拾起畫筆和紙簿，理好畫架，也要大家退開讓出空間，並伸出手指放在唇前示意勿再作聲干擾，這種維持秩序的肢體語言立竿見影，反而讓內心輭弱的我有些心疼！……。

我就在這樣的場景中，畫出這座古寺的遠觀！

很顯然的，它存在的意義已不止是宗教地了！

試就這批無邪的孩子們，每天從遠居的山間跋涉而至在此相聚，置身山靈水秀、絕佳風水的鍾毓中，享有全國不分彼此的免費教育，崇山環衛給他們帶來莫大的安定感，千古聖殿在視覺中心，教他們不疑不惑！兩道「夫河」和「婦河」的激流，日復一日向他們熱情奔來，會為他們帶來多少無言的能量，藍綠雙色的河水，在他們眼底大方合流……又將得天獨厚地給他們多少啟發？

難怪不丹人的賦性會如此溫柔敦厚了！他們不以天地為己有，樂於不求回饋的分享，並以付出為樂，例如走在沒有餐廳、旅舍的山間，尋入了農舍，主人必定毫不吝嗇地接待，飲食寄宿，有如家人……人際關係如此坦率真誠，又怎會不知足感恩，怎會產生貪念與猜忌？

變色的佛像

前不久見過這樣的圖片！一尊色彩繽紛的佛像供在一塊石面上，他衣袂輕飄，袈衣棕褐，手持法器，連背後的背光和蓮花座都五色鮮明，只不知他在什麼地方？

那天從廷布出發，目標是遠處一群與世隔絕的潛修之所，由很多獨立的小屋組成，這些石屋散築巉岩邊，閉關的潛修者便各佔一間，禁語禁聲去修煉，彼此之間不往來。這種方式應和義大利的契爾投沙修道院的精神異曲同工吧！不肯耗神去猜想，我只顧自取所需一路畫著去！

在縱谷的山陰、山陽轉折行，忽然在向陽路段的右側，映出一片炫人目睛的金光，緊急停車仔細看，竟是一座造型優美的佛像「坐」在岩壁上，祂法相莊嚴，眼神奕奕，面映金光，就是多了數筆線條簡單的八字鬍，應屬於先淺刻在自

變色的佛像
Buddha on the Cliff

然天成的石壁上，再加精巧的手繪技巧漆成的。他頭頂蒼鬱的茂林，身入縱橫交錯的經幡和許願旗裡，予人悲憫為懷、同撐日月的器度！

這種感覺可是非常感人的，他姿容自在，胸襟開闊於大自然中，與氤氳大地的浩然之氣，歲月生命的正念，相知相惜地呼應，關照人間不住的變遷，目注世間無常的流轉！……

看著看著，忽然有種曾經邂逅的熟悉感流過，似乎曾在什麼地方見過祂？卻怎也拼湊不出任何可用的線索，愣愣思考要不要畫？尤其當整座佛像都是絢爍的金色，如何取景落筆，的確很難決定！

及至看見他腳下一注山溪上，有座白色的石屋大方地橫跨其上，從窗櫺向內望，一個很大的經幢不停地轉動，原來人們為要消災、去業和祈福，在石屋底部裝置一部小型的水車，當清泉自高山汩汩而流，水力的沖激，也推動了經幢的輪轉不舍晝夜……

年去歲來淙淙的泉水使屋腳苔痕漫漶，小窗旁、側道邊，則堆置了很多圓錐形的陶器，它們大如雞蛋，卻有新有舊，顯然分別屬於不同時空……它們看似卑微渺小，卻寄託著一心一意的願望，都代表善良，仁厚的不丹心靈誠篤的祈求。

一念至此滿懷感動，匆匆落筆畫出這幅題旨特殊的作品，也留給自己滿心素直的歡喜。

回到臺北偶然翻到先前那張圖片，又一種熟悉感油然而出，急急找出這幀作品細細核對……才知道我所畫的應是同一地方！石壁一樣山林也不改，只除了佛像全部變成金色！……

是誰的主意要改變它呢？……

我從不知佛像可以這樣變色！

哭倒在大佛前！

在喇嘛學校參加弘法大會，印象最深莫若與會民眾浸淫宗教虔誠中的心滿意足。

在那當下，我只是一個有為而來的旁觀者，帶著搜羅萬象的眼揮舞畫筆，把所有感動收納畫圖中！

到了普那卡，踏上十六世紀所建，不丹於今最重要的宗教殿堂，我雖然仍一而再再而三地客觀工作，來到這巨寺最神聖的祈禱廳前，巧逢兩次祈福的間隙聖殿騰空，得到特准進入參拜，親觸殿內的莊嚴氣象，靜聆無聲的昭啟開示，情難自已時哭倒大佛前……我反而變成被深深感動的人，也感動了其他人和一群大大小小的修行者。

也許因為「禁止攝影」連帶不許作畫吧！遵從叮嚀把一切身外物如鞋帽、紙筆全部放下留於殿外，才能禁語禁聲，

哭倒在大佛前!
A Thrill in Front of the Buddha

跨過門檻，雙手空空只能用眼、用心觀察，反而成全專注參訪，恣意瀏覽這外人禁地的機緣！

乍一踏入立刻被一種肅然穆然的氣概緊攫，敬畏地朝前望，五座大佛像一字排開，側殿侍坐四位比例略小的佛像，應為尊崇第一位行腳到此，和首位帶來藏傳佛教的高僧，正中則供奉一尊偉岸碩大的佛陀造像，踏著發亮的地板挨近，原本還算身高的我還沾不到蓮花座邊緣。

仰望祂綻放智慧之光的深深目瞳，祥和悲憫兼具地俯視眾生……不知怎的一陣心酸，執著的我忽然脆弱起來，匍伏跪下虔誠膜拜，一向的堅強居然潰堤！想起數位親人心嚮往之都無法來到，反而把這分福緣留給天涯畫者的我？……

念著唸著強抑淚眼，還未站起，守在一旁的紅衣僧侶已在等候，他含笑從佛陀身邊舀起一注甘泉注入我掬接的手中，敬領之後飲一半、洒一半，再沾其餘敷上臉頰和身上，奇妙的感覺倏忽湧出，心靈頓時清朗，塵埃於焉盡滌！所有壓制化成輕煙遠去，只覺得一切都得到釋放和解脫，喜極而泣淚流滿面，我在陌生的異域大哭起來！

紅衣僧侶把一切看在眼裡，他和善知人地過來導行，引我走到殿外盡情宣洩，接過他遞來的甘露丸一服而盡，我仍在聖殿外啜泣抽搐不停！

該未有人這樣吧！……不顧一切哭個痛快才回到預定的工作中，身邊的紅衣僧侶始終關懷地全程陪我協助我！

這邊哭邊畫前之未有，周遭的圍觀者竟不大驚小怪，一些小喇嘛只率真地看看畫又看看我，年長的總投我以瞭解相知的一瞥，很想大聲道謝也告訴他們我知道他們都知道！也因為從偉大的佛陀如鏡的明睛裡，我清楚看見慈悲的他全都照到！

原來在這沒有疆界的世界，我也能享有令人羨慕的心滿意足！

且去轉經輪

在市集外我已尋寶得寶，只要站定就能從環繞廣場的老屋後門摭拾當地生活的點點滴滴，有老人閒坐聊天，有人在階前曬太陽，幾位青年醉心撞球和麻將，活潑的孩子則廣邀友伴出來嬉逐，勤勞的婦女在大盆旁洗濯衣物，也彼此協助取水一杓杓往洗髮者頭頂澆，已經很久未看見這種沐髮大典了，我的記憶頃間回到兒時。

有位母親要替幾個女孩洗頭，偏偏小女兒一再逃跑！被小姊姊捉回壓著仍不依，勉強按下把頭髮沖濕才竟功。

進入市場卻相當安靜，映入眼中又自得寶，所有攤位都有獨特的展示！不同角度又有不同的視野，買賣雙方語言簡單，聽不到咄咄迫人的叫賣兜售，沒有強人所難的還價和爭執，人人依法守法各取所需，知分守分，是一片和樂的桃源

且去轉經輪
Spinning a Prayer Wheel

世界！

入口前方是幾個手工藝品的攤位，有圍巾、腰帶和山羊角飾物，犛牛尾做的拂塵，或由鄰國帶來的小擺設，以及專供當地居民選購的佛具，比較專售國外客的觀光店，地方性較強而樸拙、趣味性高也很便宜。

陡然想起明晨就將離開，既到佛國總得帶些特殊的佛具回家！這一轉念陷入選購的旋渦，但看薰香供香就有長有短共十多種，價位也由最低起跳，到三十倍之差！嗅著看著分不出所以然，只好選些包裝趣味傑出的！

想找一個手搖的經輪也煞費思量，它們由形式簡單也最小的，到宛似大碗的尺寸都有，由手工刻製，嵌花描繪，到鑄模一應俱全，其中還有鑲金鍍銀的美不勝收，我只希望找到一個質樸、素淨、又便於攜帶的⋯⋯。

看見我眼花撩亂舉棋不定，官方的司機好心相助：

「你要留紀念還是真的要用啊？是給誰用？又祈禱什麼？⋯⋯」他打開輪蓋翻給我看，「空的要自己抄經裝進去，有的已將印好的經文捲入中軸了！加上經文有簡單，擇要的，也有全部完整的，以及不同需求的……」

他最後為我選擇其中一個金色有木柄的，也打開幢蓋出示裡面捲得密密的經卷：

「這部經文祈禱家、國的平安喜樂，搖轉它時心意就釋出了！」

我嚴肅地試著搖轉它時竟被制止：

「不！不！你現在絕不能動它，必須先送寺內請喇嘛加持……」他無奈地道歉：「可惜現在為時已晚，而你明天一早就得動身了！」

我唯唯諾諾安慰他：

「帶回臺灣也可請到高僧哪！我們也有很多藏傳佛教的修行者呢！」

回到臺北，我不顧一切搖著它並把這畫完成，相信家國安定和樂的心願，定會傳到它們應去的地方！

是老友嗎？

在不丹佛國寺廟附近工作，總會看見一個個面容深沉，姿態老邁的身形踽踽而行，他們頭頂毡帽，背負布囊，滄桑一致，眼神苦澀一致，連零亂的髮式也相同，我知道，他們要去轉經幢了！不過，令我驚訝的是！如果等到他們出來，眼神的苦澀會消失，臉上的無奈會不見，沉重的步伐也已輕快了！

這是什麼原因呢？

有什麼輕卸愁苦，重獲快樂的祕方或法術嗎？……

那天在寺旁，有個身形就這樣坐著。

看我走過來，他眼神不曾眨一下！

這種緊盯的眼神我相當熟識！在兒時的大陸大地，在朝不保夕的兵燹中，後來在中東沙漠，土耳其僻遠的庫克族群，

是老友嗎?
A Stranger, Or an Old Friend?

北非撒哈拉綠洲中心，或峽谷地印地安人裡……他們習慣原始地瞪視，沒有機心的直視，沒有任何雲翳，全無人與人間的疑慮猜忌。

初次接觸，習慣非禮莫視的我很難適應，及後發現「他們」全都這樣，才兢兢學會依樣回報。人們用真摯無礙的眼澈底掀開樸素的自己，展示對於一個「人」的尊重和關切，我收到善良友愛的訊息，也解除了心障撕去面膜，誠誠懇懇相對，相互的信任原來可以如此輕鬆愉快，完全想不到人與人間可以如此簡單地相處。

闊隔這種淳樸的眼語忽忽十餘載，在當今詭譎複雜，爾虞我詐中疲累不堪時總會憶想回味！這天在不丹寺旁無意中再遇，這睽違已久的滋味欣然復甦！

於是，他直直望著我，我也真誠地望著他，當我很快讀出他眼神中的徬徨無助，便毫不猶豫地用「我們」的方式輸出關注與慰問。

他怔了一下，該是想不到這異鄉客會「注意」他！看見他接到「訊息」我相當安慰，繼而送出「鼓勵的微笑」，他無奈的眼神頃間解凍！……當我用「眼語」示意何不入寺去？他霍然而起的速度已是毫不遲疑！最令我驚喜的神態，莫過於他走到寺門前還站下來回望我，我感動得輕輕頷首去相催。

回到本位工作了很久仍有些激動！兩小時後畫好收筆，才發現站在旁邊默默觀看的身形竟是他！這前後判若兩人的姿態叫人難以置信！親切對望輕鬆而笑，我們兩個素昧平生、語言不通的異鄉人，反而溝通得順暢愉快！更有合作完成什麼「大事」般了卻心願的感覺，離去之前彼此向對方揮手一如老友！同伴不免詫異！

「你們認識吧？他是誰啊？……」

我笑著搖頭，「也許是前世的好朋友！」

在弘法大會中

向邀請單位打聽進入軍警守護的寺廟，貼近寫生僧侶活動的可行性，青年發展基金會主任顏蒂笑著提出建議，何不就近到喇嘛學校畫師生去：

「他們有由小到老的年齡層：你就有足夠的喇嘛可畫了！」

我立即就道：竟趕上不丹本年度最重要的弘法大會，國內最受尊重的大法師親臨主持，各地各寺的喇嘛們，早已兼程遠來，連續十二天在校前廣場、草地、樹陂及山間餐風露宿，虔誠地聽道取經，盛況的熱烈自是空前！

就從山下看到絡繹的群眾一波波湧到，我拿著畫簿的手就有些發抖，漸攀漸高擠入他們的行列，心境已是滿張的帆！

抵達目的地，果然被維持秩序的軍警攔住，兩座巨寺間的廣場，早已慎重地搭架出若干白色的大棚架，在青空、蒼

在弘法大會中
Monks' School in a Dzong

山的背景中反射陽光！

棚架之下，四周圍著很長的布幔，各色彩度強烈的風幡重疊著拉開！加上高聳入雲的許願旗毫無規律地遍插，各地代表的旗幟也在隨風搧搖……棚架之外，都是僧衣褐紅的行者，都端坐靜聽，場景虔敬得令人震撼。

及至陪同人員與工作單位說明我的目的，對方高興得要禮讓我進入壇前，這種幸運自是千載難遇！然而，遠遠瞥見棚內黑壓壓的人頭應是水洩不通後，我順從地過去一探便肅然退出！設法說明我的工作必須揮舞畫筆掀開畫紙，「只好」留在場外畫下全景吧！

放棄貼近的恩寵未必能捨！在烈日下連畫五個小時確實辛苦！好在擴音器把大法師的禱願祝福無礙地傳到，場裡場外，連小花小草都沾到法喜。

我挨坐一座小小的花臺旁專注而畫；耳中心中，潤澤著大法師悲憫、堅定的頌唱之聲！他嗓音渾厚宏亮如鐘，中氣充沛咬字清越，聽入我肺腑變成雄壯寬闊的生命之歌，像擡鼓擊磬，更像睿智的當頭棒喝！整整六小時在聞道而驚的激盪裡，我也把諸多感動融入彩筆中！

及至誦唱之聲戛然而止，調色盤上的褐紅之色也已用完！人群起身離去大多默默，我才發現宗教的感動，可以如此滌淨人心！

守到大法師的座車緩緩駛出，我也隨著大家合十致敬，他居然在所有僧服中看見我並揮手招呼……

是因為我在僧群中不同嗎？

也許，也因為我是一個外鄉的俗眾！

也會耍酷

在喇嘛學校果然親觸太多的喇嘛，分別遇到各級學生的典型。

看見我擺好畫架準備工作，首先挨過來的，當然是小三小四的年齡，他們比小一、小二膽大，較小五、小六魯莽，他們闖來試出友善的溫度，和他們可以貼近的尺度，較大的喇嘛學生才走向我，較小的孩子，一定好奇地衝破防線！把我的畫簿踩到地下，水瓶打翻，調色盤推倒，和全世界的小學生完全一樣！

於是，老師聞聲而至，他讓大孩子拉住小喇嘛，一面阻止活潑的他們影響我，一面又把握緣分隨機教學，情況也和所有的老師徹底一致！我輕鬆起來！

靈機一動轉畫老師，大家先愕然呆望，繼則哈哈大笑！

也會耍酷
A Little Naughty Monk

很快轉為尊重，安靜地欣賞！我的處境也得到保障！

畫好之後贏得歡笑，送請老師簽名，這位和善的長者客氣地為我邀到另一位寫生對象，這位喇嘛咬著檳榔又嬉皮笑臉，但當另一位小小喇嘛挨過去，他親切地摟著拉著，像老師護住學生，像學長愛護學弟，令人感動！

當圍觀的人愈來愈多，一組組信徒家族也摻進、擠到，有位大眼睛的青年帶著妻女靜靜守候不肯走，畫出這溫馨的一家後請戶長簽名，他非常激動：「我認得你的筆力！因為，我是藝校的雕刻師！」

有兩位清秀的年輕喇嘛風度良好地陪伴協助，他們便是遠來求道的修行者，他們的簽名式有不惹塵埃的經卷之氣，談吐間，英文非常典雅流利。

畫到後來精疲力盡，有位小四的喇嘛竟衝過來挑戰！他酷酷地擺出小霸王的架勢命令我畫他！疲憊不堪的我，只懶懶地逗趣：

「畫你？為什麼要畫你？」

「因為，我要看你畫！」

他顯然有所聞也有所疑！此際分明想要考考我！殊不知四十多年的老教員一切見識過！何如將計就計，畫畫他的孩子氣！心念一轉，掀開畫簿就動筆，他只好僵住一動不能動！

平攤畫本請他「監工」！隨著我一筆筆疾落，他眼神一步步解凍，故作威武的姿態也慢慢軟化！縮回叉開的腳也被我故意抗議：「你的腳呢？要放回剛才的架勢才神氣呢……」

等到完工追索簽名，他緊咬下唇撇下嘴角，才頗不甘心地點頭頷首，表示「不錯」，便一溜煙跑不見了！

望著他小小的身形隱入千萬件殷紅的僧服裡！我長吁而嘆！

「唉！你是個受人尊重的小僧人！但仍是一個孩子！一個小學生……」

這一家人

不丹人重視家庭生活，親職親情，關係密切，鄰里間的友愛之誼也互動熱絡，旁及他人老幼則不分彼此，樂人之樂，也急人之急！

他們習慣共有天下萬物，與人分享，心安理得，凡此種種都是于今冷漠的現代社會，很難想像的。

在弘法大會畫了四小時，也被大、小喇嘛密密圍堵了四小時，眾多僧袍在烈日下殷紅如火地幌動著，使我感覺眼花撩亂！

眼睛一陣陣刺痛，影響所及也不斷頭痛，我開始自嘲地自問自答：

該停筆了！還未畫夠？……。

會傷身啊！……但這機會又太難得！

分明知道視覺已太疲勞了，但明知故犯的我，仍要繼續做「知所珍惜」的獵者嗎？掙扎不已不知如何是好，意外來了一大片徹底不同的色調塊面貼到正前方！它們在眼波流轉的餘光裡安安靜靜，並維持一定的安全距離，這很快發揮高標準的調節作用，使我業已錯亂、緊繃的視覺神經暫趨舒緩。

等到畫作告一段落，我長吁一口氣輕鬆下來，感激地望向這片及時護持的色澤；意外發現「它們」是一個家庭的成員！一對年輕夫婦各帶一個孩子欣然併立，仍然用志不紛地緊盯我的畫作。

他們大人入神，孩子也安分，不吵不鬧，各自依偎父親膝前，母親身畔，看樣子應已停竚很久了！

看見這兩個幼小的孩子如此安靜地依順父母，我忽然感到一陣心疼，心念一轉轉以誇讚的口氣代替招呼逗著他們：

「兩位小朋友真乖巧啊！你們都很喜歡畫畫嗎？……。」

小男孩只望我一眼就別過臉去，清秀的小姊姊有些羞怯地埋臉父親有力的掌心裡！倒是神采奕奕年輕的父親眼中放光，他興奮的英文語句也迸出他等待已久的心意：

“I know you painting....”

乍一入耳我已愣住，無法明白他這 “Know” 的意義指什麼？無以為應陷入尷尬。對方見狀著急地補充說明：

「我認得你的繪畫功力！……我是一個雕刻家！目前在藝校教學也創作，並接一些設計工作！」

原來我在不丹遇到同行了！

話盒打開天南地北，他也激動地請求我展示其餘的作品，瞭解他仍無意離去，我把握機會，先速寫他文秀的夫人，再把他捉入畫中，伶俐的小女兒始終專注地觀看，我也把她依依父親膝前的嬌姿一併畫下。

牽在母親手中的小男孩終於東望西瞧了，真難為他不知所以地跟著大人佇立已久，此際怎可獨獨漏了他？匆匆加上依例索取簽名，這一家之主在簽名後不忘幸福地加註「家庭」這字，他隨後央求我去參觀他的工作室，可惜我身不由己無法如願了！

在我不斷的畫旅孤征中，常能因緣際會遇到許多動人心弦的真情實事，就像這位熱切的雕刻家，儘管我們之前並不相識，以後也不易再見，那種知己知彼的溫馨親切已深銘心中，賦別之前只能真誠地相期下一次！

下一次？下一次會出現嗎？

親愛的朋友，我知道我們仍會努力期待！

這一家人
A Family

皇后的風範

不丹之旅，我沒有期待見到誰！

但一些畫作經邀請單位主管瀏覽後，她驚喜地上稟二皇后，便傳來皇后急於想看的訊息，這特殊的約晤便訂在 YDF 基金會的頂樓，據皇后說，在那裡看畫比較自在！

那天早上在會場，當我仍忙於準備國畫用具，沒有人先行通報，一位儀態萬千的麗人已翩翩登臨。

她身著不丹婦女傳統的國服，但裙、袖粉紅，上衣湖綠，五官輪廓清晰、膚色是健美的白皙，明眸皓齒、黑髮如雲，像極從我們古畫中出來的美女，有人輕聲提示我，皇后大駕已到！

她先向大家打招呼，旋即轉身望過來，看見身著旗袍的我已肅立以待，便煦如春風急步過來致意，禮貌的問候、寒

皇后的風範
The Elegant Queen

暄後，我請她檢視桌上預置那疊畫，她逐張欣賞細細品味，我也一一說明寫生的時地和情景，這使她非常高興，到了這時我們之間的問答交談已像老朋友！

得以近距離接觸她高貴、優雅的風範我很心折，一直想著身為皇后的她如此親切，平易近人的不易！她的英語非常流暢，語默出處，吐氣如蘭，本尊顯然又比照片漂亮許多！看完作品欣慰地笑，很高興我能欣賞不丹之美！

輪到我將為她即席揮毫，她表現出極其動人的專注傾聽，及至解說國畫的用筆用墨，並示範往昔懸腕的訓練方式，把硯臺置於腕肘之上，她驚嘆連連招呼攝影師：

「快照快照！我們不丹人也應如此練習的！」

濡墨落筆時她瞪大美麗的眼睛，一筆畫出竹竿她已驚嘆連連，連成一株後她眼神放光，在她「監工」下完成全圖落款相贈，她的讚嘆已變成歡呼！趁她興致高時攤開紙本，請求給我五分鐘的速寫時間，她欣然應允立即坐好，我也在隨員一行和燈光聚焦中匆匆動筆，善解人意的皇后已把一切看入眼底，反而溫柔地為我打氣：

「真難相信一枝筆在你手中可以這樣運用，像你這樣的畫家，就為你坐一整天也不嫌多！」

不忍佔去太多時間，我仍用十二分鐘完成這一幅，遞過去請她過目，她爽朗的笑語我至今難忘！

「哈哈！好快！你就這樣把我放在紙上了！」

留下簽名再畫公主，她藉此抽身觀賞展示壁上的當地作品，面對多元的責任如此機敏從容，真不愧是一國之母。

在眾人簇擁中離去，她忽又趕過來握緊我的手。

「真謝謝你了，梁教授！我們明天見！」

明天？我不明就裡！

「明天中午，請到我家共進午餐！」

嫻靜的公主

在青年發展基金會頂樓的工作室和師生作品的展場候駕，只覺得跟在皇后後面進來的人很多，有面容嚴肅，身佩刺刀和槍的侍衛和侍衛長，有穿著國服、不苟言笑的女官，還有幾位來自歐美的女客……我無暇多顧！

有位可愛的黃衣少女容貌端麗、氣質出眾，她貼在皇后身邊，嫻雅沉靜、默默微笑……我也未多看！

當雍容的皇后形容自己急於看畫的心情時順手一指，才發覺我不知她是誰！

「真對不起，我忘記介紹了！她是我的女兒，也很喜歡繪畫，所以今天帶她一齊來……」

我趕快點頭招呼，也才知道她是四位公主之一，難怪如此出眾，心中這樣想，卻用一般的歐式禮貌恭喜皇后有一個

嫻靜的公主
The Graceful Princess

可愛的女兒！公主嫣然一笑，表情有些靦腆，注意到她很用心觀賞，畫出第一幅墨竹呈獻皇后後，看見她如玉之顏映在黃衣上非常美，靈機一動決心再畫一幅，我轉向她：

「你的母親已有一幅了，現在再為你畫一張好嗎?」

不等她們回應，我已抽出一張三開宣紙，沾上國畫顏料，運用一筆蘸三色的技巧表現，連畫兩朵深淺有致的黃菊！說這靈感來自她身上的黃衣，她分明很高興，但仍維持端莊的淑女姿態，再從她身邊隨行的女裝，找到紫色、紅色的系列，畫出一幅其色華麗的叢菊送給她，她高興得有些不知如何是好！

隨後在四 K 紙上先畫出皇后的造像，又找出另一本較小的對她笑：

「現在輪到你了！這位年輕的淑女！我有榮幸畫畫你吧?」

我故意不稱呼她公主，她顯得很開心！

及至善體人意的皇后欠身離開，所有的人都跟過去，騰出一個理想的寫生空間，留下大畫桌旁的她和我！氣氛頓時輕鬆起來，我們的交談也如家常！

「太美好了！……」她輕輕點頭表示同意。

「你是一位動人的女孩！……」她大方地報我一笑！

於是，我把畫簿平攤桌上，她則忘神地看著我一筆筆相加，全心全意捕捉她的神韻，才想起她的面相很像我外孫女茱莉！特別當她有些羞怯的時候，只是，身為公主的她，連得意、興奮等情緒都得保持含蓄的姿態，也無論坐、站，都必須合乎禮數和規範……實在不容易！

聽說她新婚才逾月，新居則另外建在前面林蔭中……

夫婿會是怎樣的人呢？

我沒有多問！

只關心地悄悄鼓勵她——喜歡畫畫就不妨多畫！繪畫就會變成知心的好友！

在皇后家午餐

受邀到皇后家午宴是件大事！同伴緊張地研究如何穿著才得體，最後都穿上不丹大禮服，我指指自己的旗袍：

「我有這件就夠了，這也是我們正式的國服！」

皇后之寓就在招待我的賓館後，僅僅一牆之隔，平時一園闃靜，林蔭深處，四位美麗的皇后各擁一屋。也是親姊妹的她們同時嫁入皇室，都在歐洲接受最好的教育，她們因此各有所長，各以專業各司所責。襄佐賢明的國王處理國務。聽說長皇后是農業專家，國內農事改良便由她主持。二皇后就是我見到的這位，大概負責文化和教育——因此備受不丹民眾的愛戴，都是極被尊重的女性。

儘管我只「住」在她們園外，仍有專車接送才能出入。沿幽徑馳入園林前捨車就步，在一座漂亮的藤花繞成的門後，

在皇后家午餐
The Gate to the Queen’s Residence

皇后之家已然在望。

一面走一面欣賞園內非常自然的植物，才站到玄關前觀賞幾盆形態特殊的花卉，和一個看似辟邪的大瓷虎，家居的她，已儀態萬千從窗明几淨中出迎!

這天聚晤的親切，輕鬆自在意中! 沒有隨扈和跟班，沒有守望的警衛，三個外客由顏蒂陪同，被接待到客廳的沙發入座，也立即被殷勤的女主人面面俱到的問候寒暄，帶入自在的笑談中，沒有置身皇室的壓力，沒有深宮苑裡的不安，就像在老友家中享受情感的溫馨交流，非常難得。

我們的午饍由侍者輪番端盤送到。餐前茶敘、開胃小點都很精緻，最後的主食很像我們廣東的雞湯意麵，清淡可口，又美味又健康，皇后還特別著人送來一雙竹筷，就之食麵的確方便。

在親切的友情中進餐別有滋味，合攝一些照片也沒有隔閡，致謝告退時，皇后以每人一書相贈。她一直稱讚旗袍之美，獲知我的年齡大感意外地採詢保養之道。我笑說只有簡單飲食和每天動一動而已，當她追問是那種運動，才說出是由傳統太極拳研發的氣功十八式。她美麗的大眼頓時亮起來：「是太極啊！你怎樣做的?」

我只好趕快說明這些招式比太極拳簡單易學，也一面應命約略比劃，不料高貴的皇后認真跟進，穿著寶藍色絲質衣裙就在不丹的金色宮內「馬步雲手」、「撈海觀天」地舞起來。我穿著黑底白點的旗袍只好繼續示範下去，這對比強烈的情景實在無法想像，令人非常難忘。

依依道別時，她以西方禮節的貼頰相擁相待，一再囑咐我定要回去多畫一些。

「東部山村的居民更質樸憨厚，三月花開山谷也更繽紛!」

我唯唯諾諾地嚮往!

只是，唉！不丹行，大不易!

去市集尋寶

廷布是不丹都城，所有屋舍材質，仍是天然的木石泥灰，民生用品也以取於自然，還諸自然的產品為主，現代濫用的塑料很少。都城這樣，交通不便的鄉野更是，這與生長於自然的天性如此貼近，令總會憂心環保的我非常安慰！

這也是我愛流連各國傳統市場的主要原因，既能直接走入當地民眾的真實生活，又可由他們的舉止行為，衣著飲食等習慣，細讀上天在不同的世界區塊安置人類的美意，要人們調適自己，與大自然相契相融地互利互生，發展出天人合一的智慧和求存手法，進而尊重其他的生命形式並回饋它們……。

離去前夕，我堅持趕赴當地的傳統市場，它在城區一隅的廣場中心，以三長棟棚屋和疏落的欄杆圍成，也許由於他

去市集尋寶
Local Market

們汽車不多，獸力更少吧，周邊既沒有車殆馬煩如驢糞馬尿等之味，人們素樸成習，出門工作都自備乾糧，沒有需要就沒有應運而生的流動攤販製造髒亂，市場內外，因此相當乾淨！

不但如此，就因為多數貨運出於人力，人們乃用竹篦編籃，以蕉葉墊底，絞茅草為繩索加以捆紮，負於肩上奔山路，把勞務所得送入市集後，這些揹運的器用則堆置一隅。

當我無意間發現它們，它們仍像滿浥朝露般色澤鮮明、生命感強烈地倚在牆柱邊，在原本就清新甘甜的空氣中，無礙地散放草莖之香、木葉之芳，和新篁之味，種種芬芳怡然薈集彌漫各處，竟是都會人士百求不得的芬多精，它們被帶入市集提供提神醒腦的功能，也順便展現自己完成職責的輕鬆愉快！

同樣的氣息也出現於另一攤位，一疊堆起的籃簍砌成臨時展示檯，蕉葉之上，便置放了三、四個木葉裹緊的方包如粽，主人特意剝開其中的一個，原來是人家自製的轆乳酪，它們無香無味很像豆腐，常常出現在歐美的沙拉裡，聽說營養價值特別高，可以補充茹素必需的蛋白質。

嗅著它們來到轉角，竟找到唯一的魚貨攤，這些魚干在烈日下失去應有的腥味，一位富態的女子正熟練地舉高秤稱忙個不停，乍一寓目相當訝異，因為早已聽說所有山溪都禁止撈捕，牠們全屬國王所有，只有他才有權垂釣！……忙碌如他那有閒情逸致呢？憨厚忠誠的不丹人決不試法，真不知這些魚干來自何方？

既然不能捕魚，牠們應是外來貨？

為什麼不許捕魚呢？……

驀然想起這項規定應該另有深意！賢明的君王，大概是以這種最簡單的方式，訴求生態與保育！解釋不清不如立法，又是何其有效率的直接方法！

遇到紅唇族

不丹的農作和我們相近，菜蔬的生態，形似我們早期沒有農藥般瘦小但甘甜，

芥菜、菠菜、洋芋、蘿蔔應有盡有，現今多數以米飯作為主食的生活，也觸動我這旅行太多，經常獨酌鄉思的天涯愁懷。身入異國，總會想到如何能炊煮一些較為熟悉的家鄉味，來到不丹，反而常常忘記竟在他鄉！

遇到紅唇族有很大的意外！或許因為我只帶著白紙般的心板離開家園，從未預期會塗上這種顏色！此際畫了一半發現必須追加，直覺上不免突兀。

那天信步行，一面趣味盎然地欣賞不同攤位的展售方式和擺設，偶然來到一個以堆疊貨色擴大空間的攤棚，他們利用雜物攻佔走道幾半，人們走過必需讓路避開，卻不見任何

遇到紅唇族
Woman Chewing Beetle Nuts

抗議和怨責。

憑良心說，這樣的處置未免霸道自私，進入畫眼卻有打破規律的趣味，它們也使得所有來客必須對展售物品行注目禮，應該也是一種見獵心喜的招徠術吧！

有趣的是，這攤棚最受矚目的展售品只是一小撮瘦小的綠色果實，卻以一片大蕉葉慎重地襯底，加上一小疊尺寸相近的鮮葉在旁邊，看入圍觀的豔羨中，竟有一種睥睨群倫的架勢，匆匆來到感覺似曾相識，一陣特殊的氣味飄過也無暇細看⋯⋯

畫著畫著，這位不丹婦女的挑挑撿撿擋住我的視線，我的畫筆只好換個方向去畫她，畫出她身上密掛的五彩珠飾、顏容、和特別醒目的紅唇，她忽然不好意思笑起來，口中喃喃像自嘲也像在解釋些什麼，然後一揮手便走！我才驚訝地發現，這些珍貴的貨色竟是檳榔和荖葉。

有個特異的攤位架放走道交叉的中心點，上面堆放若干乾燥竹籜緊裹的長包，旁邊解出兩個可愛的圓錐體，一個我自幼慣見的坨茶就這樣從裂縫擠出來。

看見我盯著它們不動，不丹的國家司機驕傲地笑：

「這是我們這裡做酥油茶最好的茶葉！」

看見坨茶又看見另一盒磚狀塊，張口結舌的我激動起來，撥開上面厚積的灰土，我抖著手，細心翻出一方已被茶蟲蛀出「茶珠」的茶磚看個清楚，昏黃脆弱的連史紙上果然有紅紅的水印，千真萬確是我最熟識的中文：

「雲南普洱茶磚，淨重 250 公克……」

輭弱的熱淚終於奪眶而出，我在心裡呼喚它！

「普洱啊！普洱！我最心愛的普洱茶！……想不到會在這裡碰到你？還變成不丹人最驕傲的好茶！……」

像不丹貴婦身上的綠綢襯衫，像旅舍為貴賓妥備那種玻璃內膽的熱水壺，像竹編的濾茶之器！現在又讓我看到不知如何翻山越嶺而來的你！……

我嘆息著！

從不丹歸來

在不丹的工作結束了！

離去之前，我搶到最後十五分鐘，畫出這親如老家人的容顏，和他真純、憨直的心靈，他每天默默無言付出最誠摯的關懷一無所求，是我心目中善良、忠厚、淳樸的不丹民族典型，此刻作畫才能彼此對望一眼又一眼，他的神態，仍如每天接我送我般靦腆木訥，只是——親愛的朋友！從現在起，我將離開這裡愈走愈遠了！……。

不必問我是否甘願回到不由分說，勾心鬥角的畸形人性世界！從來不明白人類的文明史中，為什麼定要處心積慮設計別人，踐踏尊嚴才能滿足？要別人調適配合，迫他人委屈求存才叫「圓融」，才是「相處」！此際，在這沒有機心的樂土療傷止痛，釋放解脫，與簡單率直，華美的人性互愛互信地歡喜相對，不論時間多長多短，機遇多大緣分多厚，在詭

從不丹歸來
A Friendly and Descent Face

譎無常的人生長旅中，又多麼令人懷想，感恩？從而得到嶄新的生命力重新起跑！

不丹是一個乾淨、寧靜的桃源國！沒有現代文明的汙染，沒有喧嘈的市聲，賢明的君王用許多現代知識和智慧，保護樸素的民風，祭出限額的觀光申請，所有學生同時擁有官定的宗喀文與英文的說寫能力，使傳統情感與資訊的現代化不互相排斥，規定由上至下或城或鄉都必須以國服為傲，無論大學生、小學生的制服型式一致卻顏色不同！這使民族意識，文化情感自然衍續，頻頻各地奔勞，親訪民間疾苦，或如長皇后以農業專長逐戶勸導，親授子民以適當的農改良方……，凡此種種當然贏得舉國上下的忠心，愛戴，在我初到不丹的第一天，就看見人人穿戴盛裝興高采烈地慶祝！「這是全國最快樂的大日子！」只因為當天是國王五十歲生日！

對外客言，電訊與交通容或不便，即使如都城廷布，不論遠近都沒有街名和門牌，就像我們以前的鄉間情況不也如此！無論山上山下有幾戶人家任誰都知道，外客至此，找目標當然不容易，當地人自己一說就明白了，門牌自不必！街名又何用？他們的交通系統也自有定局！當地人在必要時知道如何找車，平日只靠一雙腳就無不可到，遇到困難中途攔車也很普遍，除了情況特殊愛莫能助外，不丹人總不厭煩去協助別人，行旅在外根本找不到餐飲也沒有飯店，飢餓不已時走向任何人家，永遠不會受到拒絕！……。

不丹的人性之美寫不完！不丹的民風人情自是其來有自！在偌大的荒山野地自然孕育出崇高、偉大的情操，世間的人與人，人對自然和人對自己，這三種因文明發展成就莫大的困境，一再變成社會的病灶，在不丹卻陌生得令人驚訝！他們處處默默表露的大愛長情，和知分守分的知足分享，不必非讀古人書成為口號，就已踐行得如此普遍，使一直追求這理想世界的我，在不丹強烈感覺我「像是人」、也真正「是一個人」！

寫到這裡離不丹已逾一年，在不丹的十多天像隔世也像昨日！我常常想，如以經濟物質和現代科技作衡量條件，很多大國當然可以以「高度開發」、「已開發」等榮銜沾沾自喜，小小的不丹山國就以知足、友愛、寬闊自由的心靈而言，應該是最富有、豐腴的大國，天堂！但願世人從不同角度切入這種富足並加以珍惜，便是我出於肺腑的全部祝福！

不丹的茶具

在年味猶濃中啜茶，意外收到挪威寄到的郵包，上面的戳記、封緘仍帶著北歐深冬凜寒的況味，紙盒浮表遍佈濕而後乾的冰雪之痕凹凸不平！一如當年堅忍孤征的畫者脅下緊挾那一本本倔強得難以著筆的畫冊！……。

雙手接過心中何止一震！觸及它們也熟悉地沉入三十年前愴涼的懷抱中！蒼老的手指情不自已在摺皺間緩緩摩挲，被不明所以的好意代為拆開後，這想望已久的竹編茶濾隨著短函掉出來：

「……你一定會記得的！當我們在不丹，你曾非常渴望得到它！我因此處處替你留意但直到離境仍未如願！及至最後終於找到！它不在不丹！竟是回到挪威在伯根市！」

讀到這裡我笑起來：

不丹的茶具
Making Tea

「冥冥中定有一種導引吧！有位相知的好友，常陪我沒有計畫就走！不必有什麼目的，只想看看會有什麼特殊的經驗！反而常會獲致不期的驚喜！

這一次，也不過信步走向一些展示吧！看見一座很小的商店，我們兩人不約而同想走進去！於是，我很快樂地發現了它！……」

她一定瞪大秀麗、感性的大眼睛！她一定掩著嘴，失聲叫起來！然後被她買去，回家包裝付郵，就這樣到了臺灣，結束它緣始於瑞士，到了不丹，進入挪威，再飛入我家的長途……捧之入手，不得不熱淚盈眶！

它，只是一個小小的竹編濾具而已！友人在不丹用以泡茶，十年之後回到瑞士，借給我用已呈漂亮的紫褐之色，置之案頭朝夕晤對，每天都有聽之不盡的老故事。

是怎樣的巧思巧手編成的？……。

是怎樣的容顏？用什麼容器？喝什麼茶？……。

用水墨畫出它的今天，仍留下無盡的想像空間，這小小的佛國人文風景，乃隨著這質樸自然的濾器，滴出一串串晶瑩的茶汁，融入心靈的渴望中！

及至我自己因緣如夢，輾轉各地畫篋充盈，就偏偏少了它的倩影！此際它從挪威遠來，反覆審視，如珍如寶，置入普洱和菊花，果然沖泡出相思之茶香和竹篦的清香！舉杯邀向北歐處冰雪中的蘇絲，我喃喃感謝這位在不丹相遇的挪威女子和她的細心、用心！只不知這會是不丹土著的手工藝出口到挪威？還是因應需求從他鄉進口的用具？……我怎麼想都猜不透！

轉吧！轉吧！

除夜，適合獨思、靜思、深思和反思！

年逾七十後，時間過得比任何時段都更快……

如果不能想像一具沉甸甸的老車輪在拖著走，也該想起那一大排堅守崗位，始終如一的經幢，被一個個操撥著輪轉不停！

有人說，韶光就是這樣輪轉著消逝的！

生命如此輪轉，世世代代的宿業也這樣不停著流轉……

翻出在佛國不丹最後完成那座全身閃耀金光的大經輪，它們分踞普那卡聖河畔歷史最悠長的古寺樓上左右方，從地面仰睇有若登天的梯道攀上去，便可看見這對漂亮的金幢分置兩側。人們必先肅穆散入它們身邊虔敬地邊推邊走。一位紅衣老僧則褪去僧鞋、盤腿危坐蒲團上伺機補強，穿著制服

轉吧！ 轉吧！
Turning a Large Prayer Wheel

的軍警在一旁關懷護佑，讓大家依次加入接龍推動才離開！

能轉去前世今生嗎？……

能消抵宿業於惘然的未來嗎？……

「轉吧！轉吧！……」滿臉滄桑的老喇嘛力不從心，一再伸出枯澀的歲月之手！有人笑說他已很老了！

「他今年六十五歲啦！」

我聽得一懍！揮舞著的畫筆下意識急切起來！

憬然警覺當下七十二歲的畫者還想用手必得及時把握才是，總不能等到心手不能相應才徒留憾恨！

世界仍然大，宇宙浩瀚無窮盡，時光變化了無痕，世事更迭無從數……儘管小小的地球上的人類慣於自我鎖閉在近視、短視中妄自稱王，千古以還，仍跳不出如來我佛的掌心，都衝不破三千界外的渺茫……

面對這幅紙上金幢情難自已，它軸心掄轉的節奏又復清晰可聞，我們常常形容暮鼓晨鐘是嗔痴貪溺的當頭棒喝，這從不中絕的轉軸之聲，卻是直擊人心，聽入耳中，盡是一聲聲永不離棄，在深處千繞萬繞的警示和慈悲召喚，它們一次次灌入我們生命底層的裂隙，修補我們的愚騃無知，促我們儆醒、振作……

守著它的旋轉一筆筆畫，生命所有的走過也快速倒帶。八十多國的冰原、極地、海洋、荒漠，和中東看似貧瘠的富裕、歐美先進國家的鬱卒、失落，都翻滾拗折著纏烙疊印，及至圖成收筆澄明空淨，我才歡喜地把它們從不丹全部帶回來……。到了這時，在人生長途只贏過自己的我，只能由衷地感恩一步一回頭！

轉吧！轉吧！可敬的金幢！

不要停啊！我們大家的經幢！

【跋】圓緣

若不是一連串巧合，得以有機會先訪不丹，我不會有此殊榮為業已畫旅八十餘國的梁教授（也就是我的婆婆）提供可能的協助，並為她撰寫此文。

二〇〇五年四月，臺灣青年總裁協會決定一遊神祕的「雷龍之國」。由於籌辦的會長夫人因故無法成行，我臨時受命跟團，接下這難能可貴的「出差」工作。

不丹機位一票難求，團員的來回機位半年前早已訂妥。我們少數臨時加入的成員只好補位。等到預定揮別不丹當天，團員一一按時登機，我們幾位仍無法補上。確定不能如期返臺時，亦即宣告我們必須多留二天！這使意外卸下重責的我反有鬆懈緊張的驚喜！也才能珍惜地仔細欣賞這片樂土。

幸運的是，曾經遊歷不丹十餘次，應邀為本團嚮導的陳念萱小姐，體貼地留下協助我們。由於她的熱心安排，我們有緣認識了不丹電影「旅行者與魔術師」中擔綱演出的男女主角和其他主要演員。事實上，我們行前對不丹的初始印象正源於這部小品平實的電影。我們甚至還應邀在女主角家叨擾一宿！此外，念萱還介紹視她如家人的好友給我們，其中包含了該國中央研究院院長及其家人，他們個個平易可親，熱心善良，對人一見如故！他們的開闊胸懷、誠懇情誼令人深深感動！

回到臺北與家人分享當地見聞，我才知道這人間淨土也正是婆婆縈繞內心數十年的大夢。時過數月，一個意外的好消息輾轉傳來；不丹的青年發展基金會有意邀請她前往作畫，她高興地應允了。然而，囿於間接的溝通不良，正式的邀請函和正確的資訊始終未能收悉；眼看預定行期漸漸迫近，她不得不猶豫起來！

幾經思量，我們開始考慮和該基金會執行祕書顏蒂直接連繫的可能。我因此決定一試，還好不丹首邑廷布人口不多，當地居民大都彼此認識，我向不久前才結識的不丹朋友柴菱求助。令人雀躍的是，柴菱果真順利地聯絡上顏蒂。隔日，基金會的正式邀請函及時傳到，梁教授才急急收拾行囊。若沒有柴萎的古道熱腸和顏蒂的及時回應，她一定會被迫錯失良機，放棄計畫！

本書中，梁教授以一貫特有的細膩文筆，對不丹人物風情、山川景致，做了詳實敏銳的觀察，和深刻感性的描述。同時，更以彩筆——她那傳遞心緒的絕妙工具，無聲的溝通語彙——美妙地呈現出一幅幅動人的畫作，與大家分享她盈滿的藝術情感和內心悸動！

一切緣於上天的巧妙安排，讓我們婆媳得以先後親訪那遠離喧囂的樂國樂土。而我這入寶山空歸的晚輩，也能藉機為不丹人民豐盈的心靈，純真、知足、樂觀的處世智慧共同見證！

陳方琲

二〇〇七、六、二十八

Afterword—A Journey by the Deity

Without a series of coincidence, I would not have had such a pleasure to write this afterword for Prof. Dan-Fong Liang, my mother-in-law. It is also a rare case that I had been to a country before she did, and that I could be of help for her own trip to Bhutan!

In April 2005, I had a chance to visit Bhutan with members of the YPO (Young President Organization) in Taiwan. I was asked to assume the responsibility of supporting the organizer who had to cancel her trip due to family concerns. Then the return flight was so fully booked that some of us had to stay for two more days. I remember how excited I was when it was finally reconfirmed that no seat was available for me. Relieved from my work after the group was gone, I could fully enjoy my stay, and my trip truly began. Fortunately, Alice Chen, who had been to Bhutan for more than ten times, was with us and helped us a lot. Through her, I met Deki Yangzom, Dorji Wangchuck, Lhakpa Dorji and Lt. Col. Kado, whom I first saw in the movie, "*Travellers and Magicians*", whence my first impression on Bhutan came. Alice also introduced to me her close friends Karma Ura, Chimi, Tshering and Yangzom. They treated us like family members. We even stayed at Deki Yangzom's house for one night. Until today, I am still very much impressed and touched by their openness, sincerity, friendship, and hospitality.

Dan-Fong was quite amazed when she first heard about my trip to Bhutan, as it was a dreamland to her also. After I returned, I was eager to share my pictures and wonderful experience with her. A few months later, to her surprise, she received an indirect invitation from Youth Development Fund (YDF) to visit Bhutan to capture its beauty; she consented to the offer naturally. For some reason, she did not obtain a formal invitation or visa when the estimated departure time approached. She was very hesitant.

Dan-Fong and I wondered if we should try to contact Yandey, the Director of YDF directly. As the population of Thimphu, the capital city of Bhutan, is quite limited and most people know of each other, I decided to give it a try and called Tshering for help. Luckily, she knows Yandey and successfully reached her, who sent Dan-Fong promptly a formal invitation to secure her visa. Without Tshering's great assistance and Yandey's timely response, Dan-Fong would have given up and missed a priceless opportunity to visit Bhutan - a genuine Land of Joy on the earth!

In this book, Dan-Fong shares with us her writings that convey her sensitive perceptions on the Bhutanese landscape, people, and culture. Meanwhile, we are presented a great feast of art works, a vehicle of feelings, a different kind of language here imbued with her unique artistic sensibility and the touch of a great master.

To me, the trip to Bhutan was indeed an amazing journey by the Deity! Without His tactful arrangements, Dan-Fong and I would not be able to visit such a wonderland separately but I could share her deep feelings towards Bhutan so faithfully.

Fong-Pei (Christina) Chen

June 28, 2007

【文學 003】

鏡中爹　　張至璋 著

五十年前的上海碼頭，本書作者的父親與他揮別；五十年後他從澳洲到江南尋父。一張舊照片是他的鏡中爹，一則尋人廣告燃起無窮希望，一通國際電話如同春雷乍驚，一封撕破的信透露幾許私密，五本手跡冊子蘊藏多少玄機。三線佈局，天南地北搜索一名老頭，卻追溯出兩岸五十年離亂史。

【文學 004】

你道別了嗎？　　林黛嫚 著

●民國 94 年中山文藝散文創作獎、聯合報讀書人書周報評推薦

你知道每一次道別都很珍貴，你無法向那些不告而別的人索一句再見，但是，你可以常常問問自己，你道別了嗎？作者在這本散文集中，除了以文字見證生活經驗之外，更企圖透過人稱轉換造成距離感，以及小說化的敘事筆調呈現散文的瀟灑文氣。

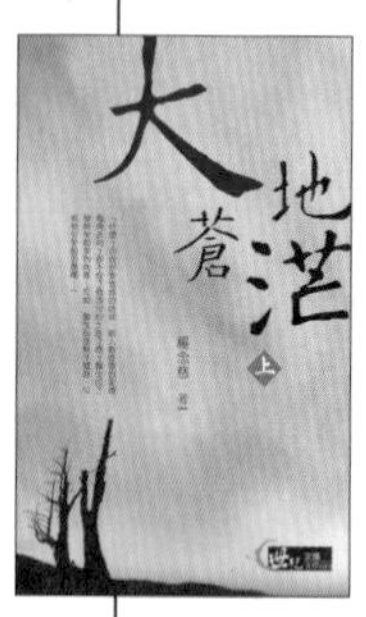

【文學 010】

大地蒼茫（二冊）　　楊念慈 著

睽違二十多年，資深作家楊念慈，繼《黑牛與白蛇》、《廢園舊事》等作品之後，又一部長篇鉅著——《大地蒼茫》終於問世！山東遼闊蒼鬱的故事背景、粗獷樸實的人物性格，在作家的妙筆下栩栩如生。凝神細讀，將不知不覺走入那段驚心動魄的烽火歲月。

【傳記 002】

漂流的歲月（上）　　莊　因 著

●中國時報開卷周報、聯合報讀書人周報書評推薦

●第 28 次新聞局中小學生優良課外讀物人文類推介

「千百萬人在同一個時期，跟我一樣，歷經了也接受了這樣巨大的動亂。」本書作者成長於中日戰爭、國共內戰之際，且因父親任職於故宮，他自孩童時期就隨著國寶文物的搬遷而遷徙。因此，本書不僅是個人的回憶，也是家國動盪、國寶文物遷徙的歷史。

國家圖書館出版品預行編目資料

不丹 樂國樂國／梁丹丰文/圖.－－初版一刷.－－臺北市：三民，2007
面； 公分.－－(世紀文庫:生活003)

ISBN 978-957-14-4762-9 (平裝)

855 96011893

著作人 梁丹丰
總策劃 林黛嫚
責任編輯 陳思顯
美術設計 李唯綸
校對 陳翠霜

發行人 劉振強
著作財產權人 三民書局股份有限公司
發行所 三民書局股份有限公司
地址 臺北市復興北路386號
電話 (02)25006600
郵撥帳號 0009998-5
門市部 (復北店)臺北市復興北路386號
(重南店)臺北市重慶南路一段61號

出版日期 初版一刷 2007年7月
編號 S 857090
基本定價 肆元六角
行政院新聞局登記證局版臺業字第〇二〇〇號

ISBN 978-957-14-4762-9 (平裝)